로크미디어가
유혹하는
재미있는 세상

ROK
MEDIA
로크미디어

이것이 법이다

이것이 법이다 140

2022년 7월 6일 초판 1쇄 인쇄
2022년 7월 11일 초판 1쇄 발행

지은이 자카예프
발행인 김정수 강준규

기획 이기헌 왕소현 박경무 강민구 조익현
책임편집 최전경
마케팅지원 이원선

발행처 (주)로크미디어
출판등록 2003년 3월 24일
주소 서울시 마포구 성암로 330 DMC첨단산업센터 318호
Tel (02)3273-5135 **편집** 070-7863-8592 **Fax** (02)3273-5134
홈페이지 rokmedia.com **E-mail** rokmedia@empas.com

ⓒ 자카예프, 2015

값 8,000원

ISBN 979-11-354-7354-8 (140권)
ISBN 979-11-255-9575-5 04810 (세트)

이 책의 모든 내용에 대한 편집권은 저자와의 계약에 의해
(주)로크미디어에 있으므로 무단 복제, 수정, 배포 행위를 금합니다.

작가와의 협의에 의해 인지는 생략합니다.
잘못된 책은 구입처에서 바꾸어 드립니다.

이것이 법이다

140

자카예프 장편소설

로크미디어

CONTENTS

적반하장의 끝

"변호사들이 수작질 부리는 사건은 생각보다 많습니다."

노형진은 하승하가 가지고 온 어마어마한 양의 출석요구서를 보면서 혀를 끌끌 찼다. 예상은 했지만 역시나라고 할까?

반성보다는 상대방을 말려 죽이는 선택을 한 놈들이 무척이나 많았다.

"돈만 되면 되니까요."

무고로 고소한 오십여 명의 사람들.

그들은 적반하장으로 무고로 고소했다.

이유는 뻔하다.

'이쪽에서 스트레스로 겁먹고 물러나기를 바라는 거지.'

사실 이런 역고소는 예상하는 게 어렵지는 않은 일이다.

거의 대부분의 사건에서 벌어지는 일이니까.

"일단 무고입니다. 더군다나 형사사건이지요."

형사사건이라면 일단 경찰서에 못해도 두 번은 가서 조사 받아야 하고 검찰에도 출석해야 하며, 재판을 한다면 그때마다 재판정에 가야 한다.

"그리고 피해자는 그때마다 정신적 스트레스를 받기 마련입니다. 거기다 건당입니다. 한 건당 최소 다섯 번은 출석해야 하고 그러면 이백쉰 번을 출석해야 합니다."

노형진은 테이블을 두들기면서 말했다.

"그런데 로펌 이름이 장미로군요."

"아시는 곳입니까?"

"알죠. 좀 잘 알죠."

노형진은 테이블을 두들기면서 말했다.

'뭐, 예상은 했지. 너무 뻔한 예상대로 돌아가서 그렇지.'

장미 로펌. 이름은 그럴듯하다.

하지만 법률계에서 장미 로펌의 이미지는 그다지 좋지 않다.

"장미 로펌은 가해자를 위해 움직이는 로펌이지요."

"네? 다 그런 거 아닌가요?"

하승하는 고개를 갸웃하면서 물었다.

변호사들은 보통 가해자를 편들어 주면서 그들을 지켜 주는 게 일반적이다. 그래서 그게 당연하다고 생각한다.

"장미 로펌은 좀 다릅니다. 그들은 이길 수 없는 싸움에서 피해자를 말려 죽이는 게 목적이거든요."

"네? 피해자를 말려 죽여요?"

"네, 최소한의 양심도 없는 로펌입니다. 물론 로펌에서 양심을 찾는다는 게 좀 어색한 말이기는 하지만요."

"박&선 같은 건가요?"

그 말에 노형진은 고개를 흔들었다.

"아니요. 박&선보다 악질이죠."

박&선은 대한민국에서 가장 잘나가는 로펌이다.

하지만 그들은 권력자들 그리고 있는 사람들을 위해 일한다는 특징이 있다.

가령 박&선이 맡은 가장 유명한 사건은 일본군 성노예 재판에서 일본을 편들어 준 것이고, 과거 친위 쿠데타를 터트린 홍안수의 변론 역시 박&선이 했었다.

박&선은 오로지 돈 하나만을 바라보고 일한다.

"하지만 장미 로펌은 그럴 수준이 안 됩니다."

로펌 자체도 그다지 큰 게 아니다.

속한 변호사도 고작 다섯 명이고 규모도 그다지 크지 않다.

"그런데 장미 로펌이 유명한 이유는 그들이 가해자 입장에서 피해자를 말려 죽이는 것에 특화되어 있기 때문입니다."

피해자도 결국 생계가 있고 생활이 있다.

소송이 진행되면 그동안 점점 더 말라 가는 게 사람이다.

"전에도 말씀드렸다시피 이렇게 역으로 무고를 할 정도의 인간들은 무척이나 후안무치한 놈들입니다. 의외로 스트레스를 안 받지요."

"스트레스를 안 받는다고요?"

"범죄자들의 마인드는 우리와는 다릅니다."

일반인이라면 그 자체로도 충격을 받아서 전전긍긍하고 겁먹지만, 그들은 자신들이 선하고 피해자이며 상대방이 가해자라고 생각한다.

"그리고 전에 말씀드렸다시피 이건 사상범의 범주에 들어가야 합니다."

물론 그 사상이 사람들이 일반적으로 생각하는 그런 사상이 아니라 자기만의 아집이지만, 일단 개인의 판단의 기준인만큼 사상이라고 표현할 수 있다.

"쉽게 표현하자면 이런 거죠, 나는 지금 독립운동을 하고 있다."

노형진의 표현에 하승하가 기가 막힌다는 얼굴이 되었다.

"뭔 개 같은 소리입니까?"

"개 같지만 이런 타입의 범죄자들은 원래 그렇습니다."

피직스가 먼저 사과했으니 나쁜 놈이고, 나쁜 놈은 죽여야 하니 내가 그 선봉장이 되어 구국의 결단을 내려야 한다.

이게 이런 타입의 범죄자들의 생각의 흐름이었다.

하지만 본인 스스로도 그건 어디까지나 자신들의 정당성을 외부에 주장할 때 하는 말일 뿐 실제로는 그게 아니라는 걸 안다.

다만 그들에게는 자신의 열등감을 폭발시킬 주체가 필요했던 것뿐이다.

"음, 제가 종종 말하지만 어떤 사람들은 자신의 열등감을 해결하기 위해 절대 해결할 수 없는 문제에 매달립니다."

그렇게 함으로써 내가 실패한 게 아니라 세상이 실패한 거라고 책임을 돌려 버리는 거다.

"이번 경우도 마찬가지이고요. 자기가 잘못한 게 아니라 세상이, 그리고 피직스 씨가 잘못한 거라고 뒤집어씌우고 싶은 거죠. 그리고 장미는 그런 그들을 은근히 편들어 주면서 돈을 긁어모읍니다."

"돈을 긁어모은다고요?"

"이런 타입의 범죄자들은 생각보다 많습니다. 솔직히 말씀드리면 대한민국에서 소송의 30%는 자존심 싸움으로 벌어집니다."

그리고 장미는 그러한 자존심 싸움에서 가해자 편을 살살 들어 주면서 사건을 수임한다.

가해자 돈이나 피해자 돈이나 다 같은 돈이고, 어차피 질 싸움이라면 그냥 대충 시간이나 때우면서 버티다가 '어쩔 수 없이 졌네요.'라고 하면 그만.

"변호사들이 그런다고요?"

"어딜 가나 세상은 똑같습니다. 당연하게도 선량한 사람도 미친놈도 사기꾼도, 세상 어디에나 있습니다. 그건 사회 시스템적인 문제이니 변호사라고 해서 별다를 건 없지요."

사회적으로 많이 공헌하는 변호사도 있는 반면 의뢰인의 재산을 빼돌리는 변호사도 있고, 공무원처럼 일도 안 하면서 복지부동으로 버티는 변호사도 있다.

"장미는 그런 곳 중 한 곳인 겁니다."

"하지만 그 장미라는 곳이 그렇게 피해자를 잘 말려 죽인다는 겁니까?"

"네, 그래서 가해자들이 많이 찾는 곳 중 하나입니다. 더군다나……."

"더군다나?"

노형진은 핸드폰으로 장미 로펌의 홈페이지에 들어가서 그걸 건넸다.

그걸 본 하승하는 눈을 묘하게 떴다.

"어? 여자들이네요?"

"네, 장미라는 이름 자체가 공식적으로는 여성들이 모여서 만든 전문 변호사 로펌이라는 의미입니다."

하지만 다른 변호사들은 다르게 생각한다.

'가시를 가진 변호사들'.

"다들 외모가……."

"한 외모 하지요? 이게 저들의 방법 중 하나입니다."

노형진은 담담하게 말했다.

"범죄자들은 아무래도 여성보다는 남성이 좀 더 많습니다. 그렇다면 그 남성들에게 어필하는 방법이 뭐가 있을까요?"

"설마, 변호사가요?"

"변호사라고 뭐가 다르겠습니까?"

변호사라고 해서 다를 건 없다.

돈을 벌고 그 돈으로 잘 먹고 잘 살겠다는 목적성은 누구에게나 똑같다.

주된 의뢰인인 남성들을 대상으로 예쁜 외모를 가진 여자 변호사가 공감해 준다면 대부분의 범죄자들은 거기에 넘어가서 사건을 의뢰한다.

그리고 그다음부터 의뢰받은 대로 장미는 피해자들을 말려 죽일 방법을 찾기 시작한다.

"실제로 장미 로펌에 들어가기 위해서는 성형수술이 필수라는 소문도 있더군요. 뭐, 진실은 알 수 없지만요."

"네? 성형요?"

"웃기죠? 현실이란 그런 겁니다."

여성 변호사는 많다.

하지만 그들이 다 장미로 가는 건 아니다.

변호사들 중 마인드가 잘못된 사람들이 가는 거다.

"전에 청계라는 곳이 있었습니다. 그들은 가진 사람들을 위해 범죄를 설계해 주곤 했지요."

"변호사들인데요?"

"누누이 말씀드리지만 변호사라고 다 바르고 깨끗한 건 아닙니다. 오죽하면 미국에, 지옥과 천국이 법정에서 싸우면 변호사들이 다 몰려 있는 지옥이 이긴다는 농담이 있겠습니까? 그리고 요즘은 뭘 해도 다 돈이지 않습니까?"

돈만 있다면 뭐든 할 수 있다는 마인드.

그 과정에서 피해자들이 고통받는 것은 그다지 신경 쓰지 않는다.

"물론 변호사라는 업무 자체가 대리인이고 법률적 보호자인 만큼 소송 상대방과 좋은 관계를 유지하는 건 원칙적으로 불가능하지만, 장미는 선을 많이 넘었죠."

그러나 장미는 가해자가 피해자를 괴롭혀서 실적을 뽑아내는 걸 최고로 여긴다.

"실제로 장미 로펌에서 근무하던 근무자 말로는 피해자가 자살하는 경우 실적으로 봐서 성공 보수를 주는 계약을 하는 경우도 있다고 하더군요."

피해자가 자살하는 경우 어떤 사건들은 혐의 없음으로 끝나 버린다.

대기업조차도 노조 운동을 했다는 이유로 직원을 자살시키고 그걸 자랑스럽게 회장에게 보고하는데, 하물며 범죄자를 편들어 주는 로펌이야 그걸 어필해서 돈을 받아 내는 게 목표이니 당연히 실적으로 잡으려고 하는 거다.

"그렇게 괴롭힌다고요?"

"일단 이 출석요구서를 보세요. 같은 로펌입니다. 그러면 일반적으로는 업무의 편의성을 위해 같은 경찰서에 한꺼번에 넣어 버립니다."

사건이 벌어졌을 경우 피해자의 거주지, 가해자의 거주지, 그리고 사건 발생 장소 이 세 곳을 관할하는 경찰서 중 한 곳에 접수할 수 있다.

당연하게도 이렇게 사건이 많다면 로펌은 한 곳에 몰아넣어 버리는 편이다. 그래야 사건을 한꺼번에 처리할 수 있으니까.

이런 경우는 유튭의 본사가 있는 서울시 경찰서 중 한 곳이 그 접수 대상이 된다.

"그런데 보세요. 사건을 접수한 경찰서의 숫자가 마흔일곱 곳이나 됩니다."

상식적으로 이렇게 접수하면 일이 복잡하고 귀찮아진다. 그런데 왜 이렇게 넣었을까?

"이게 첫 번째 단계입니다."

"어째서요?"

"피해자가 전국을 돌아야 하니까요."

"아!"

인터넷상에서 벌어진 일인데 가해자의 주소지로 접수해 버리면 피해자는 그 조사를 가해자의 주소지의 경찰서에서 받아야 한다.

"마흔일곱 개의 지역. 전국에서 계속 조사해야 합니다. 경찰서에 두 번은 출석해야 하고 검찰에도 출석해야 하고 재판에도 출석해야 하지요."

고소를 당한 피해자는 전국을 돌아다녀야 하며 당연히 일반 생활은 불가능해진다.

직장인이라면 회사에서 잘릴 테고 자영업자라면 가게를 열 틈이 없게 된다.

물론 이관 신청을 통해 자신이 사는 지역의 경찰서에서 조사받는 방법도 있지만, 법에 대해 잘 모르는 사람들은 그런 걸 신청할 수 있다는 것 자체를 모르는 경우도 많다.

"피직스 씨 역시 마찬가지일 겁니다. 촬영할 시간이 없겠지요."

"하지만 변호사를 사서 보내도 되지 않습니까?"

"네, 맞습니다. 하지만 가장 큰 문제는 이런 소송은 건당 수임이라는 거죠."

만일 변호사를 선임해 한 곳으로 이첩 신청을 해서 사건을 수사한다고 해도 사건 자체가 어마어마하게 많다.

장미 입장에서야 형사 사건의 특성상 비슷한 내용의 소장을 이름만 바꿔서 우편으로 발송하면 끝이라지만, 방어자 입장에서는 아무리 이첩했다고 해도 각자 방어해야 하니 그만큼 수임료가 뛸 수밖에 없다.

당연히 못해도 수천만 원의 수임료를 변호사에게 지불해

야 한다.

"장미의 전략은 이런 방식입니다."

"한 번에 와닿네요."

"더군다나 보세요. 고소한 대상이 라이스엔터가 아니라 피직스 개인입니다. 즉, 라이스 엔터에서 직원을 보내서 도와줄 수도 없다는 거죠."

이런 식으로 피해자의 피를 말려서 소 취하를 받아 내는 것. 그게 바로 장미 로펌의 주특기였다.

이런 방식은 아주 기본 중의 기본이었다.

"그러면 어떻게 해야 하나요?"

하승하는 걱정스럽게 물었다.

그런데 노형진의 대답은 상상을 초월했다.

"뭐, 일단은 소환장이 나왔으니…… 씹어야지요."

"네?"

노형진의 말에 깜짝 놀라는 하승하.

"소환장을 씹으라고요?"

"엄밀하게 말하면 출석요구서입니다. 그리고 사람들이 출석요구서라고 하니까 겁먹어서 그렇지, 사실 출석요구서는 한계가 명확합니다."

"명확하다니요?"

"안 간다고 해서 경찰에서 무슨 수를 쓰는 데 한계가 있다는 겁니다. 하지만 대부분의 사람들은 법에 대해 잘 모르니

겁을 먹지요. 그래서 장미 로펌에서 수작질을 하는 겁니다."

경찰에서는 사건을 접수받으면 일단 출석요구서를 보낸다.

출석요구서는 출석명령서가 아니기에 한계가 있다.

문제는 법에 대해 잘 모르는 일반인이 그걸 받으면 무조건 가야 한다고 생각한다는 거다.

"그래서 출석요구서를 받으면 '가야 되는구나.' 하고 겁부터 먹습니다."

하지만 출석요구서를 받았는데 출석하지 않는다고 해서 불이익을 받거나 하는 경우는 없다고 봐도 무방하다.

"하지만 그, 구속영장이 나오거나……."

"그런 착각을 이용한 함정입니다."

출석하지 않으면 구속영장이 나올 거다, 일반인들은 그렇게 생각한다.

하지만 출석요구서는 사건 조사 과정에서 '당신의 의견을 청취하겠습니다.' 정도의 의미를 가진다.

"이와 달리 구속영장은 피의자에게 증거인멸이나 도주의 우려가 있다고 확실하게 증명될 때 나오지요."

하지만 피직스가 그럴 이유가 있을까, 얼굴이 그토록 널리 알려졌고 돈도 많이 버는 사람인데?

"당연히 구속영장은 안 나옵니다. 그리고 필요에 따라서는 팩스나 이메일로 답변할 수 있습니다."

"네? 답변을요?"

"네. 그런 곳에서 물어보는 정보는 사실 뻔하거든요."

출석요구에 맞춰서 가 봤자 그들이 물어볼 건 이름, 나이 그리고 무고 여부, 관련 사건의 유무 등 뻔한 내용뿐이다.

"이메일이나 우편으로 답변할 수 있는 내용들입니다. 딱히 다를 이유도 없고요."

"저는 드라마에서처럼 막 테이블을 탕탕 치면서 조사하는 줄 알았는데."

"그건 취조구요."

출석요구서 단계에서의 피의자는 말 그대로 신고만 받은 것뿐이다.

죄가 인정된 것도 아닌데 그걸로 공격적으로 물어뜯으려고 하면 변호사들이 가만있지 않는다.

"일단 우리는 그걸 씹는 걸로 하겠습니다. 어차피 시간을 끈다고 해서 경찰에서 할 수 있는 건 없습니다."

기껏해야 직접 와서 청취하는 정도이다.

문제는, 그렇게 직접 와서 청취하기에는 그들에게도 먼 거리라는 것이다.

"어차피 저쪽은 그 이후에는 할 수 있는 게 없습니다."

다음으로 진행되어야 다음 수법을 쓸 수 있는데, 이쪽에서 아예 대꾸해 버리지 않으면 시스템 구조상 다음 작전으로 넘어갈 방법이 없다.

"아, 그래요? 그러면 다행이기는 한데."

"물론 우리도 가만있을 수는 없지요."

"네?"

"역무고 전략을 쓰도록 하지요."

저쪽은 이쪽을 무고로 엮으려고 수작질을 부렸다.

그렇다면? 당연히 이쪽도 역무고로 고소할 수 있다.

"그리고 사건은 말입니다, 원래 순번제가 아닙니다."

"네? 그게 무슨 말씀이십니까?"

"이쪽에서 지연작전으로 나갈 겁니다. 그리고 그사이에 역무고가 먼저 완성되겠지요."

"아!"

가해자 쪽이 무고를 먼저 한 이상 무고에 대해 고발하는 것은 어렵지 않은 일이었다. 고발 요건은 다 맞췄으니까.

"이쪽에서 시간을 끄는 동안에 저쪽 사건은 빠르게 진행할 수 있을 겁니다. 사실 사전 청취는 필수적이지 않으니까요."

만일 사전에 청취하는 게 필수라면 사람들은 절대 하지 않을 것이다.

없어도 그만, 있어도 그만인 거다.

"우리가 경찰에 로비하면 사전 청취 없이 바로 무고에 대한 역무고로 넘어갈 수 있습니다. 그리고 무고에 대한 역무고가 먼저 나와 버리면 경찰 입장에서는 상황이 묘하게 되어 버리죠."

역무고가 성립되었는데 기존의 무고가 성립되면 사건이

뒤죽박죽이 되어 버릴 수밖에 없다.

그렇다고 앞의 사건이 정리될 때까지 하염없이 미룰 수도 없다.

모든 사건은 개별적으로 처리되고 각각 담당이 다르다.

그런데 먼저 역무고가 성립되었다고 기존 경찰이 과연 그걸 뒤집기 위해 다른 지역 경찰과 멱살 잡아 가면서 싸울까, 아니면 그걸로 그냥 무혐의 처리할까?

답은 사실상 나와 있다.

"사실 가해자가 피해자를 압박할 수 있는 방법은 무고죄가 거의 유일하니까요."

그렇게 되면 저들은 이쪽에 손대지 못한다.

"그래서 제가 절대 만나지 말라고 한 겁니다. 만나지 않으면 무고죄가 끝이지만, 만나면 뭐가 어떻게 엮일지 알 수가 없으니까요."

욱해서 주먹이 나가면 폭행죄, 욕하면 모욕죄 등등.

피해자가 어지간한 인내심을 가지고 있지 않은 이상 가해자를 만나면 도리어 그 가해자의 함정에 빠질 가능성이 아주 높아진다.

"일단 우리는 역무고로 고소하고 나서 다음 일을 진행하면 됩니다."

노형진은 자신 있게 말했다.

역무고로 고소하고 나서 사건을 빠르게 진행하는 것은 어렵지 않았다.

애초에 무고죄로 고소했다 해도 저쪽은 아무런 증거도 없는 상황이었다.

그러나 이쪽은 이미 증거가 충분하니 그걸 들이밀면서 역무고를 주장하면 그만이었다.

"저쪽에서 출석을 안 한다는데요."

경찰의 말에 노형진은 고개를 끄덕거렸다.

그건 어렵지 않게 예상할 수 있었다.

노형진도 시간을 끄는 전략을 쓰는데 저쪽이라고 쓰지 못할 리가 없다.

하지만 대응하는 방식에서 차이가 났다.

"그러면 그냥 넘기시면 되죠."

"그건 좀 그런데……."

"도주를 목적으로 저러고 있는데 시간을 끌어서 뭐 합니까?"

"노 변호사님, 그런데 저쪽 경찰서에서도 무고로 출석하라고 했다면서요? 언제 가실 겁니까?"

"저희가 좀 바빠서 시간을 내기가 힘드네요. 질문서를 가지고 오시면 진행하겠다고는 했습니다만."

"근처도 아닌데 그건 좀……. 게다가 분명 저쪽이 먼저 고소를 했는데 우리가 먼저 진행하는 건……."

"뭐, 가는 데 순서가 있나요?"

노형진은 웃고 있었지만 경찰 입장에서는 웃는 게 웃는 게 아니었다.

이미 노형진의 성격에 대해서는 소문이 파다하게 났다.

당연하게도 그런 사람에게 괜히 말장난하면 그 뒤가 아주 안 좋으리라는 건 어렵지 않게 알 수 있었다.

"가는 데 순번 없지요, 하하하."

경찰은 어색하게 웃으면서 사건을 접수했다.

그리고 사건은 쾌속으로 진행되기 시작했다.

당연히 그 과정에서 장미와 노형진은 부딪칠 수밖에 없었다.

하지만 경찰서에서 사건에 대한 추가 진술을 하고 나가는 노형진의 앞에 장미의 사람이 나타난 건 우연이었다.

"노 변호사, 그래도 소문대로 능력이 있나 봐요."

노형진을 보고 미소를 날리는 장미의 대표 변호사인 조영아. 그녀를 보고 노형진은 왠지 마녀가 웃으면 저런 모습일 거라고 생각이 들었다.

외모만 보면 분명 미인이지만 내면은 추악하기 그지없으니까.

"그런데 어쩌나, 우리가 그렇게 쉽게 물러날 사람들이 아닌데?"

노형진을 빤히 바라보면서 조영아는 자신만만하게 말했다.

"우리가 저항하는 변호사들을 만나 본 게 한두 번이 아니라는 건 아시죠?"

"알죠."

"다른 변호사들은 뭐 지연작전을 안 썼을 것 같아요?"

"썼겠지요."

사실 법률적 지식이 조금이라도 있는 사람이라면 이 정도 지연작전을 쓰는 건 어려운 일이 아니니까.

"그래도 제가 이길 거라고 생각합니다."

"그래요? 자신만만하시네요."

그렇게 말하면서 웃는 조영아를, 노형진은 똑바로 바라보면서 말했다.

"조 변호사님, 저 노형진입니다. 그 이름이 얼마나 무거운지 아실 텐데요?"

그 말에 조영아의 눈빛이 살짝 흔들렸다.

하지만 그렇다고 해서 물러나지는 않았다.

"설마 개인을 힘으로 찍어 누르시려고요?"

"에이, 그럴 리가요."

그럴 수는 없다.

물론 힘이 부족한 게 아니라, 그런 식으로 공격하면 조영아와 장미 로펌에서 대기업의 공격 같은 것으로 포장할 게 뻔하니까.

"기다려 보시면 됩니다."

노형진은 손을 흔들면서 조영아에게 말했다.

"아마 처음 당하는 일이라 제법 흥미진진하실 거예요, 후후후."

⚖️

노형진에게 한 말대로 조영아는 지금까지 많은 사건에서 상대방을 말려 죽이려고 수를 써 왔다.

물론 변호사들은 '느긋하게 대해라.', 또는 '인내해라.'라고 하지만 고소당한 당사자 입장에서는 그렇게 하기가 쉽지 않은 게 사실이고, 정작 변호사들조차도 변론을 위해 전국을 돌아다니다 보면 귀찮음에 그냥 의뢰를 포기하는 경우도 많았다.

"그러니 이번에는 우리가 그들의 허점을 이용하죠."

무고 사건의 숫자가 워낙 많기 때문에 노형진은 다른 변호사들을 통해 사건을 진행하기로 했다.

어차피 고소장이야 우편으로 보내면 그만이니까.

물론 출석해야 한다는 게 귀찮은 일이지만 말이다.

"노 변호사님, 이해가 안 가는데요. 저쪽에서 지방에 고소했는데 우리는 또 왜 지방에 고소하는 겁니까?"

무태식 변호사는 고개를 갸웃거리며 말했다.

그럴 수밖에 없는 게, 그는 노형진이 당연히 서울에서 사건을 접수할 거라 생각했다.

그런데 노형진은 사건이 아니라 무고를 한 가해자의 주소지로 사건을 접수했던 것이다.

서울에 넣은 사건도 있지만 그건 극히 일부고, 대부분을 최대한 멀리 보냈다.

"아, 그거요? 우리의 수적 우위를 이용하기 위해서입니다."

"수적 우위라고 하신다면……?"

"장미는 다섯 명입니다. 그에 반해 우리는 수십 명이지요. 그리고 형사사건은 우리가 할 수 있는 일이 그다지 없습니다."

형사사건에서 변호사가, 특히 고소인 측 변호사가 할 수 있는 건 기껏해야 소장 써 주고 나서 법률적인 조언을 하는 수준이다.

형사사건은 검찰 대 피의자의 사건이다 보니 역고소로 고소하는 순간 변호사가 끼어들 수 없는 부분이 그다지 없다.

"대부분의 서류는 우편으로 보낼 수 있고, 설사 반드시 출석해야 한다고 해도 한 번 정도만 가면 그만이지요."

현행법상 우편으로 제출된 서류는 본인이 제출한 것과 똑같은 효력을 가지게끔 되어 있다.

"하지만 피의자 측은 할 게 많죠."

일단 사건을 변론하기 위해서는 좋든 싫든 피의자 쪽 경찰서로 출석해야 한다.

"저들은 지금까지 그걸 이용해서 피해자들을 가지고 놀았습니다. 우리도 그걸 이용하지 말라는 법은 없지요."

전국에 퍼져 있는 무고죄 고소가 무려 쉰 건이 넘는다.

그리고 명예훼손이나 협박 등 원래 사건도 있다.

"그러면 장미 쪽은 어떻게 해야 할까요?"

"흠, 그쪽은 인원이 부족하니까 당연히 제대로 활동하기 힘들겠네요."

"맞습니다. 저쪽은 우리에 비해 인원이 많이 부족합니다."

그들이 경찰을 이용해서 피해자를 괴롭힌다는 것은, 반대로 역으로 고소당하는 경우 그들 자신도 지방에 가서 변론해야 한다는 걸 의미한다.

"그리고 이 경우는 이첩 신청도 안 먹히거든요."

법률상 피의자의 주소지, 사건 발생지 그리고 피해자의 주소지에서만 고소와 이첩이 가능하다.

"그런데 장미는 대리인이니까요."

당연히 대리인의 주소지는 해당 사항이 없다.

즉, 노형진이 엄청난 양의 고소장을 넣은 전국 곳곳으로 장미에서 싫든 좋든 직접 가야 한다는 걸 의미한다.

"그런데 그런 경우를, 장미는 단 한 번도 겪어 본 적이 없지요."

장미와 싸운 피해자들의 경우는 법에 대해 잘 모르니 그런 대응책에 대해서도 알 수가 없다.

그런데 대부분의 싸움은 서울에서 벌어지고 법에 대해 잘 아는 변호사들은 자신이 편한 곳에서 싸우는 것을 선호하다 보니, 결과적으로 장미 로펌은 누구를 상대하든 서울에서만 변론하면 돼서 그동안은 문제없었다.

"하지만 이제 상황이 달라졌습니다."

무고가 전국으로 퍼졌으니 그 모든 무고를 해결하기 위해, 장미는 계약에 따라 변론하러 찾아다녀야 한다.

피고인의 변론은 절대 쉬운 일이 아니다.

적지 않은 숫자의 출석을 해야 한다.

장미 로펌의 변호사 총 인원은 다섯 명. 하지만 사건은 오십여 개.

"다섯 명이 오십여 개의 지역을 돌아다니는 건 쉬운 일이 아니지요."

"역지사지 공격이다 이건가?"

노형진의 설명을 전부 들은 김성식은 제법 괜찮다는 표정이 되었다.

물론 자신들이 귀찮아지는 것은 사실이지만 기껏해야 하루 정도. 그리고 새론은 업무 강도가 아주 심한 편은 아니다.

그만큼 이 사건에 투입할 수 있는 변호사들의 숫자도 충분하다.

누구를 보내든 문제가 될 게 없다.

또 어지간한 건 다 우편으로 처리할 수 있기도 하고.

"게다가 피고인들은 경찰서에 출석해야 할 때 변호사를 대동하고 싶어 합니다."

"그야 당연하지요."

"그런데 변호사가 오지 않는다면 어떻게 될까요?"

"네? 오지 않는다니요?"

"제가 동시에 소장을 넣었으니 당연히 각 호출도 비슷하게 이루어질 겁니다. 경찰도 처리 기한이 있으니까요."

하지만 다섯 명의 변호사가 전국에 있을 수는 없다.

일반적으로는 변호사 한 명이 하루에 커버할 수 있는 의뢰인의 숫자는 보통 한 명, 같은 지역에 여러 의뢰인이 있을 경우 최대 두 명 정도.

그런데 사건이 쉰 건인 것을 감안하면 의뢰인도 그쯤 될 테니, 같은 지역 내에서 최대한 커버한다 해도 열 명 정도의 의뢰인 외에는 함께 출석하지 못하게 된다.

물론 출석일이 완벽하게 동일하진 않으니 어느 정도 여유가 있겠지만 거리가 먼 곳에 있는 의뢰인들은 자연스럽게 우선순위에서 밀릴 수밖에 없는 게 현실이다.

장미 입장에서는 절대로 제시간에 맞춰서 움직이지 못하는 것이다.

"그러면 같은 의뢰인 사이에서도 자연스럽게 우선순위가 발생할 겁니다."

그 우선순위는 당연히 돈이 있고 백이 있는 사람들, 그리고 가능하면 서울에 가까운 사람들이 될 것이다.

"아마 장미에서는 버릴 사람은 버리는 선택을 하겠지요. 사실 그런 일은 흔하지 않습니까?"

변호사들이 수임 가능한 사건의 수에 제한은 없다.

변호사별로 팀을 만들고 한정된 수의 사건만을 담당하게 하는 새론이 이상한 거다.

그렇다 보니 때때로 사건은 겹치기 마련이고, 그런 경우 변호사들은 어쩔 수 없이 사건을 선택해야 했다.

별거 아닌 것 같지만 그게 의뢰인에게는 상당한 스트레스다.

변론 기일을 바꾸면 그만큼 재판이 길어지고, 형사사건의 경우는 구속 기간이 길어질 수도 있기 때문이다.

그리고 민사는 압류가 들어가는 경우가 많아서 사건이 연장되면 그 압류 기간이 엄청나게 길어질 수밖에 없다.

사업을 하거나 급전이 필요한 사람들에게는 그 기한이 연장되는 게 피 마르는 일일 수밖에 없다.

"거기다 경찰서에 출석하는 경우는 결국 그들이 직접적으로 체감하는 부분이거든요."

물론 그들도 무시할 수는 있다.

하지만 그들은 이미 살인 협박 또는 명예훼손 등으로 조사받는 상황이니 이쪽과는 상황이 좀 다르다.

특히 살인 협박 등은 출석요구서에 응하지 않는 경우 경찰에서 도주의 위험이 있다고 판단해서 구속영장을 청구할 수도 있으니까.

실제로 노형진이 그런 식으로 이야기를 써서 보냈기에 경찰도 그에 대해 신경 쓰지 않을 수가 없다.

"그리고 그들 중 일부는 결과적으로 버려질 겁니다."

"자네는 그들을 선동할 거고?"

"그렇습니다."

노형진은 고개를 끄덕거렸다.

"그들은 결코 좋은 사람이 아니죠. 하하 호호 웃으면서 넘어가 줄 리가 없습니다. 본인들이 당하는 불이익은 결코 참지 못하는 사람들이니까."

그리고 노형진은 그들의 성격을 안다.

"아마 장미는 알아서 도망가야 할 겁니다, 후후후."

⚖

며칠 후 노형진은 전라도 광주로 내려갔다.

그곳의 고소 상황을 확인하기 위해서였다.

물론 그건 공식적인 거고, 비공식적으로는 오늘 피의자, 즉 피직스를 고소한 가해자가 출석하는 날이었기 때문이다.

노형진이 조용히 광주경찰서로 들어갈 때 안에서는 누군가가 소리를 버럭버럭 지르고 있었다.

"변호사 없으면 말 안 합니다!"

"아니, 변호사를 부르든가요."

"변호사님이 못 오신다고 했잖아요! 중요한 사건이 있으시다고!"

"그러면 제대로 대답하라니까요."

"변호사 없으면 말 안 한다고요! 나도 묵비권 있는 거 알아요! 묵비권!"

버럭버럭 소리를 지르는 남자. 노형진도 아는 사람이었다.

그가 직접 소장을 작성했는데 모를 리가 없었다.

'빙고.'

노형진은 웃으면서 그에게 다가갔다.

그리고 그 옆에 털썩 앉으며 말했다.

"역시 안 왔네요."

"당신 뭐야?"

"초면에 말이 짧으시네요. 노형진입니다. 당신을 고소한 사람이고요. 피직스 쪽 변호사입니다."

그 말에 남자는 입을 다물었다.

설마 여기서 부딪힐 거라고는 생각하지 못한 표정이었다.

물론 노형진은 다 알고 온 거다.

"너랑 말 안 해."

"네, 하지 마세요. 어차피 그쪽 변호사한테도 버려진 분이니."

"뭐?"

"모르셨어요, 그쪽 변호사가 당신 버린 거?"

노형진이 불쌍하다는 듯 바라보자, 남자는 인상을 팍 쓰며 대꾸했다.

"무슨 소리야, 내 변호사가 날 버리다니? 긴급하고 중요한 사건이 있어서 그거 먼저 해결한다면서 나한테 묵비권 행사하라고 했다고."

"그래요? 진짜로 묵비권을 행사하면 경찰이 그걸 좋게 보고 받아들여 줄 거라 생각하세요?"

그 말에 남자는 움찔했다.

사실 묵비권을 행사하면 혹시나 괘씸죄에 걸리지 않을까 하는 게 일반인들의 생각이다.

물론 어느 정도는 그런 부분이 있는 것도 사실이다.

그나마 변호사가 옆에서 실드를 치면 변호사 때문이라고 생각하기도 하지만, 소환했는데 다짜고짜 묵비권 운운하면 좋게 볼 수는 없다.

'물론 그런다고 해서 경찰이 피해를 끼칠 수는 없지만.'

하지만 중요한 건 그들이 그렇게 생각한다는 거다.

"엄청 무책임하네요, 묵비권 행사하라고 한마디 하고 그냥 던져 버리다니."

"던진 게 아니라니까!"

"당신 변호사, 다른 사람 변론하러 갔습니다."

"이미 알고 있다고."

"그런데 그쪽이 죄가 훨씬 더 가벼워요."

"뭐라고?"

"당신은 살인 협박, 그쪽은 명예훼손. 당신은 재수 없으면 실형, 그쪽은 재수 없어도 벌금."

물론 노형진은 그 사람은 주소지가 경기도이고 당신은 전라도 광주라고는 말해 주지 않았다.

가능하면 자신이 배신당했다고 생각해야 하기 때문이다.

"말도 안 되는 소리! 네가 그걸 어떻게 알아?"

"그쪽도 내가 고소했거든요."

"뭐?"

"뭐, 보아하니 돈도 없는 것 같고."

그러면서 노형진이 위아래로 스윽 살피자 남자는 발끈했다.

'역시 이런 타입들이지.'

온라인상에서 공격적인 타입들은 자격지심이 엄청나게 심한 편이다.

그래서 끊임없이 공격 대상을 찾고 그걸 합리화한다.

'그런 사람을 무시한다? 그건 그 사람한테 공격당하고 싶다는 의미지.'

물론 노형진이 무시하는 거라면 노형진을 공격하려고 할 거다.

하지만 아 다르고 어 다른 게 바로 사람 말이다.

"아마 돈 좀 있는 분들 변론해 주느라고 바쁠 겁니다."

"지금 뭐라고 했어?"

"그 정도 미인 변호사들이 당신 같은 사람들을 변론해 주려고 할 것 같아요?"

물론 미인 같은 건 변론과는 전혀 상관없는 이야기다.

하지만 이미 저쪽은 자격지심으로 눈이 돌아가고 있는 상황.

"당연히 좀 더 돈이 되는 사람을 우선적으로 보호하려고 하지요."

물론 장미는 그런 게 없다.

그냥 경기도권이 더 가까우니까 자연스럽게 경기도권 경찰서로 간 것이다.

더군다나 경기도권은 인구밀도가 높기 때문에 시간만 잘 맞춘다면 최대 세 명까지 커버가 가능하다.

'하지만 여기는 아니지.'

노형진이 광주에 온 건 우연이 아니다.

이 근처에 장미 측의 다른 피고소인이 없다는 걸 확인하고 온 거다.

변호사들은 업무 시간의 활용을 위해 사람들이 몰려 있는 곳으로 가기 마련이니까.

하지만 그걸 말해 줄 이유는 없었다.

"거짓말하지 마! 내가 돈을 얼마나 많이 줬는데."

"그래요? 그런데 아시잖아요, 같이 모여서 선임하셨으니까. 척 봐도 돈깨나 있어 보이는 분 없었어요?"

"……."

'없었을 리가 없지.'

장미 로펌을 고용한 건 피해자 개인이 아니라 집단이다.

당연히 그들은 그 안에서는 평등하다고 생각했을 것이다.

"하지만 그 안에서도 갈라진 거죠. 당신은 버려졌고, 돈 있는 사람은 보호받고. 세상은 다 그런 거 아니겠습니까?"

남자의 자격지심을 박박 긁어 대는 노형진.

"제가 증명해 드릴까요?"

노형진은 그렇게 말하면서 아까 전 확인한 문자를 보여 줬다.

−장미 쪽 변호사님들이 여기 있네요. 여기 경기도 광명입니다.

"광명?"

"광명 신도시에 부자들 많잖아요? 혹시 생각나는 사람 없어요? 뭐, 통성명은 하셨을 텐데."

노형진의 말에 그는 얼굴을 찌푸리다가 전화기를 들었다.

그리고 누군가에게 전화했다.

"어, 김 형. 난데, 지금 뭐 해?"

−아? 지금 변호사님 모시고 경찰서 왔다. 이 새끼들이 무고로 엮어 버리네. 변호사님이 걱정하지 말래. 무고 가능성은 별로 없고, 쉽게 이길 수 있다고.

'가능성이 없기는 개뿔.'

무고 가능성이 없는 이유는 그 사건이 벌어졌을 때 오해의

여지가 있다고 보기 때문이다.

사건은 증명이 기본이니까.

그리고 무고를 증명하는 건 쉽지 않으니까.

'하지만 이번 사건은 아니지.'

이미 무고를 증명할 수 있는 수단이 있다.

고소가 진행되고 있는 상황이고, 압박을 통해 합의하려고 한 정황도 확실하니까.

"변호사님 거기 계셔?"

─어, 그런데. 바꿔 드려?

하지만 남자는 분노에 차서 전화를 끊었다.

'그러겠지.'

자신을 버렸다는, 자신을 배신했다는 생각에 남자는 부들부들 떨었다.

"돈 버리셨습니다."

노형진은 혀를 끌끌 차면서 경찰에게로 시선을 돌렸다.

"뭐, 이쪽에서 묵비권을 행사한다고 하니 저는 가지요."

"아, 네."

노형진이 간다고 일어나자 경찰은 눈을 찌푸렸다.

'도대체 왜 온 거야?'

고소인 소속인 만큼 올 이유가 없는데 굳이 와서 염장만 지르고 가는 노형진이 이상했지만, 경찰도 굳이 뭐라고 하지는 않았다.

그러나 그렇게 노형진에게만 신경을 쓰느라, 그는 가해자의 눈빛이 변하는 걸 미처 눈치채지 못했다.

"내가 우스워, 어? 만만해 보여?"

"아니, 고객님. 진정하세요."

"진정하게 생겼어? 딴 놈만 챙겨 주고 나는 뭐 뒈져라 그런 거야?"

"그게 아니라……. 고객님, 진정하시고……."

"씨발, 내 돈 내놔! 내가 그렇게 만만해 보였냐고!"

언성을 높이는 남자들과 쩔쩔매는 직원들.

"너무 그러지 마시고 고객님, 저희가 급한 사건이 있어서……."

"급한 사건? 급한 사거언? 다 알아. 우리랑 똑같은 무고 사건이잖아! 누구는 가서 변론해 주고 누구는 아주 개무시하고, 어? 잘들 한다."

'아니, 그걸 어떻게 안 거지?'

그 말에 조영아는 살짝 당황했다.

그러나 이내 정신을 차리고 설득하려고 했다.

"고객님, 저희가 버린 게 아니라요, 사건에 우선순위가 있어서……."

"그래서 그 우선순위가 뭔데? 어? 뭐냐고!"

"그거야 일단 가까운 지역의 사건 위주로……."

"씨발, 그러면 지방에 있는 사람들은 뭐 그냥 뒈져라 이거 네?"

"그게 아니라요……. 죄송합니다. 저희가 잘 준비했어야 했는데……."

조영아는 어떻게 해서든 의뢰인들을 달래려고 했다.

하지만 그녀가 간과한 건 그렇게 설득이 될 인간들이었다면 애초에 이 정도로 일을 키우지 않았을 거라는 사실이었다.

"사람 무시하지 말란 말이야!"

"우리가 병신으로 보여?"

한번 붙은 불은 쉽게 꺼지지 않았고, 조영아는 그들을 진정시키기 위해 일단 사과부터 했다.

돈을 받은 시점에서 자신들은 그들을 위해 일해야 하니까.

하지만 그게 실수였다.

조영아는 그들이 왜 여기까지 왔는지, 무슨 생각을 하는지를 알아봐야 한다는 생각을 미처 하지 못했다.

잘못을 인정하는 조영아의 말은, 그들에게 장미 로펌을 갈가리 찢어 먹어도 된다는 뜻으로 들렸다.

"그래서 어쩔 건데?"

"네? 뭘요?"

"배상해야 할 거 아냐!"

"말로만 미안하다면 다야?"

"변호사잖아! 잘못했다는 말로 끝나지 않는다는 거 알잖아!"

"배상해!"

"네가 배상하란 말이야!"

갑자기 변하는 사람들을 본 조영아는 기겁했다.

하지만 몰려온 사람들의 목소리는 커져만 갔다.

"변호사 같지도 않은 새끼들이 변호사를 한다고 지랄을 해?"

"지금 나랑 장난해? 똑바로 책임을 져야 할 거 아냐!"

"우리를 그렇게 무시했으면 책임지고 무료 변론해 줘야 하는 거 아냐?"

그들의 말에 조영아는 뭔가 크게 잘못되었다는 것을 느꼈다.

⚖️

"장미 로펌이 난리가 났다고 하더군요. 그놈들이 연일 가서 깽판을 치는 모양이에요."

무태식은 혀를 끌끌 차면서 이야기했다.

변호사 사무실은 대부분 법원 주변에 몰려 있을 수밖에 없다.

당연히 장미 로펌의 사무실도 그곳에 있었다.

그렇다 보니 다른 변호사들에게 그런 이야기를 들을 수 있었다.

"깽판요?"

"네. 무료 변론해 달라, 책임져라, 돈 내놔라."

"뭐, 사과했다는 소문도 돌던데요."

"네. 그게 문제가 된 것 같더라고요."

사과를 받아들이고 조용히 물러나는 게 아니라, 사과했으니까 '너는 가해자, 나는 피해자'라는 생각에 그놈들이 안하무인으로 지랄하기 시작한 것이다.

"딱 노형진 변호사님 생각처럼 행동하네요."

"뭐, 사람들은 일단 돈을 준 사람한테는 우호적으로 대하지 않습니까?"

하물며 식당에서도 손님이면 일단 고개를 숙이고 들어간다.

그런데 몇백만 원짜리 의뢰인이라면 당연히 사과할 수밖에 없다.

"더군다나 우리처럼 그들에 대해 분석한 것도 아니고요."

미친놈들을 살살 구슬리면서 쉽게 돈을 벌어 왔겠지만, 그 미친놈들이 자신들로 인해 눈이 돌아가면 무슨 일이 벌어질지 미처 생각하지 못한 것이 장미 입장에서는 아주 큰 실수였다.

"그러면 그다음은 뻔하게 이루어질 일이네요."

"네, 다음에는 계약 해지가 이루어질 겁니다. 아마 선별적으로 이루어지겠지요."

변호사들이 돈이 없는 것은 아니다.

더군다나 장미가 사회적으로 지탄받는 행동을 하는 이유

는 돈이 되기 때문이다.

하지만 그건 어디까지나 자기들이 피해를 입지 않으니까 하는 행동이다.

그러나 이제는 피해가 돌아오기 시작했으니 장미 로펌은 칼같이 의뢰를 포기하고 물러날 것이다.

"아마 그쪽에서는 소송하겠다고 설레발치겠지요."

돈은 돌려받았으니 자신을 무시한 변호사들에게 복수하고 싶어 할 것이다.

"거기다 그런 놈들은 여자들에게 더 공격적이거든요. 남성의 경우는 여성이 자신들을 상대해 주지 않는다는 점에 자격지심을 크게 느끼니까요. 그리고 좋든 싫든 장미의 변호사들은 모두 여성입니다. 자신들의 성적인 매력을 무기로 쓸 줄 아는 사람들이죠."

실제로 고소에 휘말린 사람들은 대부분 미혼이었다.

사람들은 만나다 보면 그 본질을 알게 된다. 그리고 여자들은 그런 면에서 눈치가 빠른 편이다.

그렇게 자격지심을 가지고 있는 사람들과 오랜 관계를 유지하는 여자들은 없기에 자연스럽게 인기가 없어지고 나이는 먹을 대로 먹어서, 그런 인간들은 자신을 무시하는 여자들에게 공격적으로 나올 수밖에 없게 된다.

"뭐, 제가 직접 하고 싶지만 이미 제가 자존심을 건드려 놔서 그들이 저랑 같이 일할 가능성은 없지요."

사실 노형진도 굳이 그들과 엮이고 싶은 생각이 없기는 했다.

　아무리 별개의 건이라지만 그래도 노형진이 가해자 입장인 그들과 엮혀서 좋은 일이 벌어지진 않을 테니까.

　"뭐, 고소하거나 소송은 할 수 있겠지요. 하지만 그런다고 해서 뭐가 바뀌나요?"

　"바뀌는 건 우리가 아니라 장미입니다. 그리고 그게 우리를 바꾸게 될 겁니다, 후후후."

⚖

　노형진의 예상대로 그들은 장미 로펌의 사람들을 고소하기 시작했다.

　그리고 그들의 집요함을 이용해서 돈을 벌려고 했던 장미 로펌의 변호사들에게는 날벼락이 떨어졌다.

　"저런 미친 새끼들!"

　자신의 아파트 앞에 죽치고 있는 남자들을 본 조영아는 공포에 질렸다.

　소송할 때는 당연히 상대방의 정확한 주소를 알아야 한다.

　모르는 경우 법원을 통해 알아낼 수 있다.

　그래서 그들은 소송하기 위해 법원을 통해 조영아를 비롯한 다섯 명의 장미 로펌 변호사들의 주소를 확인했다.

　그리고 다짜고짜 집으로 찾아와 사과와 배상을 요구하기

시작한 것이다.

설마 그들의 집요함에 자신들이 당할 거라 생각하지 못한 조영아는 어쩔 줄 몰라 했다.

다급하게 이사하기 위해 아파트를 내놨지만, 이미 그녀가 살고 있고 그 상황에서 협박받고 있다는 소문이 퍼진 아파트를 사려고 하는 사람은 없었다.

-조 대표님, 어떻게 해야 해요?

다른 변호사들은 갑작스러운 상황을 이해하지 못하고 공포에 질렸다.

변호사라고 해서 모든 공포에 초연한 것은 아니었다.

더군다나 그녀들 모두 일반 변호사일 뿐, 검사나 판사처럼 범죄자들과 적대적인 관계에 서 본 적이 있는 전관 변호사가 아니었다.

그런데 갑자기 범죄자가 자신들을 공격해 오자 그들은 두려움을 느꼈다.

지금까지는 범죄자들이라고 해도 결국 같은 편이니 풀어주기만 하면 적지 않은 돈이 들어왔기에 기꺼이 그들을 위해 일했다.

그러나 일이 틀어지면서 한때 의뢰인이었던 범죄자들이 공격하기 시작하자 그녀들은 두려움에 벌벌 떨었다.

"거기에도 갔어요?"

-네. 벌써 집에 몇 번이나 찾아왔어요.

"아니, 어떻게……."

안다. 대한민국 법원은 피의자의 자기 보호권을 철저하게 인정하고 있고, 만일 법률적 과정을 거쳐서 고소·고발인의 주소를 알아내려고 한다면 막을 수 있는 방법이 없다는 것을 말이다.

그동안은 그런 방법으로 상대방을 공포에 질리게 하거나 하는 방식으로 많은 피해자들에게서 강제로 소 취하를 받아 냈다.

하지만 그걸 역으로 자신들이 당하게 되자 그 공포에 저항하는 건 결코 쉽지 않은 일이었다.

"당장 경찰에 신고하세요."

-네? 하지만…….

"나머지는 내가 알아서 할 테니까."

조영아는 이를 악물며 말했다.

이럴 때 쓰라고 있는 게 인맥이 아니던가?

그녀의 핸드폰 전화번호에는 여전히 자리를 지키고 있는 검사나 판사의 연락처가 있다.

더군다나 지난 법조인 무차별 살인 사건 이후로 법조계는 이런 문제를 어마어마하게 예민하게 받아들인다.

"협박이란 말이지."

조영아는 노형진이 했던 소송을 생각했다.

협박이라는 건 진짜로 죽인다는 말을 해야만 성립되는 게 아니다.

피해자가 실제로 위협을 받았으면 성립되는 거다.

그리고 지금 조영아는 당장의 행위를 위협으로 받아들이고 있었다.

"어, 나야. 혹시 시간 있어?"

아파트 밖에서 자신을 바라보고 있는 자들을 노려보면서 조영아는 전화기를 꺼내 들었다.

얼마 후 갑자기 협박에 대해 구속영장이 청구되고 가해자들이 깡그리 잡혀 들어갔다.

이해가 안 될 정도로 상황이 바뀌어 버리자 하승하와 피직스는 다급하게 노형진을 찾아왔다.

"어쩐 일이십니까? 안 바쁘세요? 요즘 이슈 타시고 나서 한창 성장세던데."

"아, 네. 그건 감사합니다만……. 그런데 갑자기 가해자들이 모조리 구속되어서요. 이해가 안 갑니다."

살해 협박으로 고소했지만 그들은 구속되지 않았다.

검찰에서는 그들이 도주할 위험이나 실제로 살인할 가능성은 높지 않다고 그냥 풀어 두고 조사 중이었다.

그런데 갑자기 돌변해서 깡그리 잡아들인 것이다.

"아, 그것 때문에 오셨군요."

"네. 난리가 났습니다. 지금 가족들과 변호사들이 찾아와서 합의만 해 달라고 빌고 있습니다."

"아무래도 풀려난 상태로 재판받는 것보다는 구속 상태에서 재판받으면 심리적으로 더 압박을 받기는 하지요."

"심리적 압박이 문제가 아닌 것 같은데요?"

구속하려면 빨리 해야 하는 상황인데 얼마 후면 1심 판결이 나올 시점이다. 그런데 이제 와서 구속?

"늦어도 너무 늦은 거 아닙니까?"

"그게 궁금하신 모양이군요. 하승하 씨가 말 안 해 주던가요?"

그 말에 피직스는 하승하를 바라보았다.

하승하는 그런 피직스의 시선에 깜짝 놀라며 말했다.

"난 몰라."

"음, 간단하게 설명하자면 저쪽 변호사들과 피고소인들 사이가 틀어졌습니다. 그러자 저쪽 변호사들이 진정시킬 목적으로 사과했지요."

"아."

그 말에 피직스는 움찔했다.

자신이 사과한 것이 이 모든 사태의 원인이었으니까.

"제가 말씀드렸다시피 저런 타입의 인간들은 상대방이 사과하면 찢어 죽여도 된다고 생각해 버립니다."

그래서 그들은 변호사들을 똑같이 공격한 것이다.

"하지만 애석하게도 개인과 변호사는 다릅니다."

개인이 협박을 받든 고통을 받든, 검사나 판사 등은 그다지 신경 쓰지 않는다.

내 일이 아니니까.

"하지만 변호사는 아니거든요."

변호사는 그들의 미래의 모습일 가능성이 크다.

더군다나 조영아는 사법시험 세대이다.

"변호사가 위협으로 받아들이면, 그때는 어떻게 해서든 그 위협을 막고 처벌을 강화하려고 합니다."

"하지만 고소한 건 조 변호사님인가, 그분이 아니지 않습니까?"

"물론 그렇지요. 하지만 시간이 문제인 거죠."

"시간?"

"장미 로펌의 변호사들이 고소하면 경찰이 수사에 들어갈 겁니다. 그리고 검찰에 넘어가기까지 아무리 빨라도 2주 정도는 걸리겠지요."

"하지만 구속 수사를 할 수도 있지 않습니까?"

"그게 애매한 거죠."

경찰이 수사할 때도 구속 수사는 가능하다.

하지만 이 사건의 경우는 구속하기가 애매하다.

증거가 없으니까.

"그들이 요구한 건 분명 선을 넘는 사항입니다. 알아낸 주소로 찾아가는 것도 선을 넘은 행위지요. 하지만 정작 그 안에 협박 자체는 들어 있지 않습니다."

장미 로펌의 변호사들이 겁먹고 신고한 것은 사실이나 그 안에 협박은 없었다.

아무리 판사가 구속영장을 내주고 싶다고 해도 명백한 증거가 없으면 쉽지 않다.

'물론 조작해서 내줄 수도 있지만.'

한두 건도 아니고 수십 건의 사건을 조작해서 내주는 건 눈치가 보이는 일이다.

"그런데, 짜잔! 마침 증거가 명확하게 있는 사건이 진행 중이네요?"

피직스의 사건. 그들은 분명 인터넷을 통해 협박하고 겁을 줬었다.

"그걸 판단하는 건 판사의 재량이지요."

그리고 판사는 부탁을 받고 바로 해석을 바꿔 버린 거다.

그래서 피고소인들이 다이렉트로 구속된 거고 말이다.

"그걸 노리신 겁니까?"

"부정은 안 하겠습니다."

노형진이 하게 되면 여러모로 문제가 된다.

힘으로 찍어 누른다는 이야기도 나올 테고.

사실 노형진은 판사들이나 검사들과 사이가 좋다고는 말할 수가 없었다.

안전을 위해 구속해 달라고 한다? 판사들이 들어줄 이유가 없다.

"하지만 다른 변호사, 그것도 예쁜 동기 변호사가 부탁하면 이야기는 달라지지요."

말 몇 마디로 그들을 뒤흔든 노형진은 씩 웃으며 말했다.

"이참에 콘텐츠로 하나 만드시는 건 어때요?"

"뭘요?"

"감옥에 간 그놈들을 찾아가는 그런 콘텐츠 말입니다. 상황을 보아하니 실형이 나올 것 같은데요."

"그게 가능할 것 같지는 않은데요. 감옥에서 출연하려고 하지는 않을 것 같으니까요."

하승하의 말에 노형진은 입맛을 다시며 중얼거렸다.

"약간 아쉽네요. 그런 모습을 보여 줘야 또 헛짓거리 하는 놈들이 없을 텐데요. 뭐, 방법은 많으니까요."

세상에는 미친놈들만큼이나 그들을 처벌할 방법 또한 많기에 노형진은 느긋하게 생각하기로 했다.

"세상이 조금씩 바뀌다 보면 언젠가는 살기 좋아지지 않겠습니까?"

"확신하시나 보군요."

"확신합니다."

노형진은 담담하게 말했다.

"제가 그렇게 만들 거니까요."

집단이 반지성 주의

인류는 언제나 발전한다.

과거의 과학자들이 한 말이다.

하지만 사회적인 시스템에 관해서는 노형진은 다르게 생각했다.

"인류의 발전은 지성 주의자들과 반지성 주의자들의 끝없는 싸움이지요."

"이 사건의 경우는 그렇게 볼 수도 있겠네요."

민시아 변호사는 사건 기록을 보면서 쓰게 웃었다.

'이게 우리 회사로 올 줄은 몰랐는데.'

노형진 역시 머리가 아프다는 듯 말했다.

"이건 소송 같은 걸로 해결할 수 있는 문제가 아닌지라……."

"그러니까요. 그렇다고 다른 식으로 개별 대응하기에는 일이 너무 커져요. 개개인이 감당할 수 있는 수준이 아니에요."

"흠."

노형진이 사회 시스템을 지성 주의자들과 반지성 주의자들의 끝없는 싸움이라고 생각하는 이유는 간단하다.

인류의 발전보다는 자기 자신만을 위해 인류의 문명을 퇴보시키려고 하는 놈들이 있기 마련이니까.

마치 이번 사건처럼 말이다.

"그동안 문제가 되기는 했는데 결국 이렇게 터지네요."

택배.

대한민국에서 만들어진 택배 시스템은 간단하다.

정해진 시간 안에 물건을 배송한다.

전 세계에서 택배 시스템이 가장 잘된 곳이 바로 대한민국이다.

"그런데 이 아파트 사람들은 택배 회사 직원이 노예인 줄 아는 모양이네요."

"그러니까요."

노형진은 눈을 찡그렸다.

"이게 뭔 개소리인지도 모르겠고."

신도시 내의 수많은 아파트 단지.

그 규모만큼이나 택배 물량이 어마어마한 것은 당연한 일이다.

그런데 문제는, 그 아파트의 주민들이 일부의 선동에 홀라당 넘어갔다는 것이다.

"아파트 내 차량 사용 금지, 수레 사용 금지에 엘리베이터 사용 금지라니? 미친 거 아닙니까?"

노형진은 혀를 끌끌 찰 수밖에 없었다.

그럴 수밖에 없는 게, 아파트에서 택배를 배달하는 사람들에게 요구한 조건이 가혹한 것을 넘어서 인권을 유린하는 수준이었으니까.

"말은 번지르르한데."

일단 아파트 내 지상으로 진입하지 말라는 건 택배 회사들의 차량에 아이들이 사고가 날지도 모른다는 이유에서였다.

그런데 현실적으로 본다면 지금까지 아파트 내에서 아동이 택배 차량에 사고를 당한 적은 단 한 번도 없었다.

"아파트 내부가 구조적으로 속도를 내지 못한다는 걸 모르는 모양이네요."

수많은 코너와 곡선을 따라 그 모든 아파트 동을 대부분 돌아야 하다 보니 차량은 빠르게 움직일 수가 없다.

"하지만 얼마 전에 사고가 났다고 주장하던데요?"

"음, 그 뉴스 말이군요. 그건 이삿짐센터 차량입니다."

그마저도 이삿짐센터 차량이 와서 들이받았다기보다는, 아이와 있던 여자가 가서 들이받았다는 표현이 더 정확할 것이다.

"먼저 움직인 건 차량이었으니까요."

차량이 먼저 후진했는데, 엄마라는 여자가 그걸 보고도 아이를 데리고 후진하는 차량의 구역으로 들어간 거다.

과실로 따진다면 차량이 30%, 사람이 70% 정도 될 텐데 기자들과 그 아파트 단지의 주민들은 뜬금없이 택배 차량이 위험하다고 빽빽거렸다.

"그리고 수레로 배달하라고 하더니……."

물론 택배 차량이 지하 주차장으로 들어갈 수 있다면 좋겠지만 그 아파트는 치명적 설계 오류로 입구가 너무 낮게 설계되어서 1톤 차량이 아예 지하로 들어갈 수가 없었다.

결국 택배 운전사들은 1톤 차량을 밖에 두고 수레로 배달하기 시작했다.

"그랬더니 수레 소리가 시끄럽다고 불만이라……."

그래서 수레 사용 금지 규정을 내밀었다.

결국 하나씩 들어서 배달하라는 건데, 그게 가능할 리가 없다.

한 아파트에 수십 개에서 수백 개의 배달물이 있는데 그걸 어떻게 일일이 들어서 배달하라는 건가?

더군다나 배달하는 물건에는 작고 가벼운 것도 있지만 생수같이 무거운 것도 있다.

그래도 목구멍이 포도청이라고 어쩔 수 없이 배달하다 보니 자연스럽게 나를 수 있는 양이 한정되어서, 자꾸 엘리베이터를 쓸 수밖에 없게 되었다.

그러자 아파트 측은 주민들이 엘리베이터를 기다리는 게 문제가 된다면서 다짜고짜 택배 배달인의 엘리베이터 사용을 금지해 버렸다.

이에 참다못한 지역 택배인 연합에서 새론에 의뢰한 것이다.

소송을 불사하는 한이 있어도 끝장을 보겠다면서 말이다.

"이게 뭔 병신 같은 짓거리인지."

노형진은 고개를 절레절레 흔들며 말했다.

아무리 생각해도 이런 병신 짓을 한다는 게 이해가 가지 않았으니까.

"문제는 진짜 해결 방법이 없다는 거예요."

이 문제가 공론화되자 정부에서 해결하려고 했다.

그런데 황당하게도 택배 회사는 이 문제에 대해 발을 빼 버렸다.

"그건 현재 택배 시스템이 잘못되어 있기 때문입니다."

택배 시스템에서 택배를 배달하는 사람들은 직원이 아니라 개인 사업자다.

쉽게 말해서 그들은 택배 회사에 외주로 들어가서 건당 수익을 먹는 형태로 되어 있다.

회사에서 어떻게 해서든 수익을 남기기 위해 그런 형태가 된 것이다.

그렇다 보니 택배 회사는 '나는 모르겠다. 너희들이 알아서 해라.'라는 식으로 나와 버렸다.

애초에 그럴 목적으로 외주 형태로 받은 거니까.

그다음에는 시청에서 커버하려고 했다.

소위 말하는 실버 택배, 즉 아파트 내에서 퇴직한 노인들이 한곳에 집결된 택배를 각 세대로 배달하는 방법.

"하지만 이건 아파트 측에서 거부했고."

실버 택배도 공짜는 아니다.

건당 500원 정도의 가격이 더 붙는데, 아파트 입주민 측은 이미 택배비를 냈는데 왜 추가 비용을 내야 하느냐며 거부해 버렸다.

"그다음은 시에서 보조금을 들고나왔지만."

하지만 다른 지역의 주민들이 웬 개소리냐고 따지고 들었다.

특정 지역 아파트 주민들의 갑질 문제를 해결하는 데 왜 우리 세금을 들여야 하느냐는 당연한 반론이었고, 결국 시도 모른 척하고 손을 떼 버렸다.

"지하 주차장으로 들어갈 수 있는 저상 차량은 아무래도 너무 비싸고."

그러한 저상 트럭은 가격이 비싸다.

일단 저상 트럭으로 바꾸면 실을 수 있는 택배의 양이 3분의 1 수준으로 줄어든다.

더군다나 뭔가를 꺼낼 때마다 택배 기사는 허리를 굽히고 기어 들어가서 꺼내야 한다.

"그렇다고 저상 트럭을 만드는 제작비를 아파트에서 지원하는 것도 아니고."

결국 택배 기사들은 최후의 수단으로 택배를 한곳에 모아두고 알아서 찾아가도록 했다.

그러자 아파트 주민회에서는 택배 기사들에게 택배비를 지급했는데 왜 집 앞까지 배달하지 않느냐며 업무상배임 및 손해배상을 청구했다.

노형진은 머리를 긁적거렸다.

"어떻게 이런 병신 같은 짓거리가 계속 먹히는 건지 모르겠네."

이건 아무리 봐도 답이 안 나오는 상황이다.

뭘 해도 약자인 택배 기사가 모든 책임을 지도록 되어 있으며 그걸 거부할 방법이 없는 형태였다.

"그렇다고 택배 기사가 파업할 수도 없고."

계약 특성상 외부 인원이기에 파업 등을 통한 압박은 불가능하다.

"진짜 세상은 넓고 병신은 많다더니."

노형진은 고개를 흔들었다.

"갑질 한다고 해서 자기가 위로 올라가는 게 아닌데 말이지요."

황당한 건 이런 갑질이 먹힌다는 거다.

상식적으로 이따위 안건이 올라오면 주민들이 뭔 개소리냐면서 커트해야 한다.

하지만 해당 아파트들은 만장일치로 이 안건을 통과시켰다.

"뭐, 옛날 꼰대 선생님들하고 똑같은 거죠."

"꼰대요?"

"지금은 잘 모르겠는데, 제가 학교 다닐 때는 학교 중앙 계단이 선생님들 전용이었어요. 학생들이 이용하면 징계를 당했지요."

"아, 기억납니다. 저도 초등학교 때까지는 그랬던 것 같네요."

일반적으로 학교에는 중앙에 하나 그리고 양옆에 하나씩 총 세 개의 계단이 있다.

그런데 어째서인지 학교 측은 학생들의 중앙 계단 사용을 금지시켰다.

당연히 그런 규칙이나 규정은 없었다.

그러나 중앙 계단을 사용하다 걸리면 과거에는 폭행을 당하기도 했다.

하교 시간에 학생들이 양옆으로 몰려서 사고가 나든 말든, 그래서 학생이 다치든 말든 선생들에게 중요한 건 자신들의 권력과 자존심이었다.

"이번 사건도 마찬가지이지요."

남이 고통을 받든 말든 중요한 건 자기들의 자존심과 우월감이었고, 그걸 느끼기 위해 이런 황당한 짓거리를 하는 것이다.

"그리고 다른 사람들도 반대하지 않으면서 슬쩍 거기에 동참하는 거고요."

악이 승리하는 길은 선이 침묵하는 것이다.

이게 딱 그 상황이었다.

"저한테 들어오기는 했는데 솔직히 이건 제가 어떻게 할 수가 없는 일이라서요."

법도 아니고 아파트 내규를 법적으로 걸고넘어질 수는 없다.

물론 당장 걸고넘어질 수는 있다.

하지만 그런다고 해서 문제가 해결될까?

이길 때까지 몇 년이 걸릴지 모르고, 이긴다고 한들 내규만 또 살짝 바꾸면 똑같은 짓거리가 가능하다.

가령 엘리베이터 사용 금지를 풀고 그 대신에 엘리베이터 사용료로 10만 원을 책정하면 그건 별건의 사건이 되어 버린다.

그동안 택배 기사가 힘들어서 삶을 포기한다 해도 배상할 책임 따위는 없다.

"여론전을 해 볼까 했는데 그것도 안 되는 상황이고요."

"될 리가 없죠."

이미 여론은 해당 아파트에 안 좋게 흘러가고 있다.

뉴스에 해당 아파트 이름이 공개되며 대서특필되어서 국민들이 다 욕하고 있는 상황이다.

"그런데 그 아파트 주민 카페의 글을 보면 가관이더라고요."

카페는 '질투하는 거지새끼들은 무시하세요.'나 '우리는 순수하고 올바릅니다.', '품격 있는 아파트', '우월한 도덕 정신으로' 등등 말도 안 되는 헛소리로 가득하다.

"이렇게 되어 버리면 여론전은 아무런 효과도 없지요."

여론전이라는 것도 결국은 그곳 사람들이 눈치를 볼 때나 가능한 일이다.

하지만 눈치 보기는커녕 도리어 '우리는 멀쩡한데 공격하는 사람들이 병신이다.'를 시전하면서 정신 승리를 해 버리면 전혀 먹히지 않는다.

"흠."

노형진은 한참을 기록을 보다가 조용히 말했다.

"이 상황에서 형사사건이 업무상배임으로 연결될 것 같지는 않습니다만."

"하지만 이걸 무고로 엮기도 힘들 거예요."

"그러니까 말입니다. 차라리 무고로 엮어서 처벌이 가능하면 우리 쪽에서 협상 카드로 쓸 수 있겠는데."

그런데 무고로 엮어서 처벌할 수 없으니 협상 카드로써의 가치는 없다.

"민사소송도 인정되지 않을 것 같고요."

"전형적인 심리적 공격 전술인데. 저쪽에 변호사가 있나요?"

서류의 형태나 서식 그리고 공격 방식을 보면 일반인이 사용하는 방식은 아니다, 변호사들이 사용하는 방식이지.

그런데 아무리 생각해도, 어떤 정신 나간 변호사가 이따위 일을 받아 주겠는가?

돈이 되면 다 하는 게 변호사라지만 양심은 없어도 자존심은 있는 게 변호사다.

"네, 아파트 측에 변호사들이 몇 명 있어요."

"정식 의뢰는 아닌 것 같네요."

"주민이에요."

"주민이라……. 역시 홍보가 목적이겠군요."

자존심 때문에 이런 사건을 대신해 주지는 않겠지만 반대로 자존심만 죽인다면 이야기는 달라진다.

'이 정도 사건에서 편들어 주면서 소송을 이끌어 가면 홍보하기는 좋지.'

특히 아파트 내에서 이런 행동으로 관심을 받는다면 당연히 나중에 소송전이 터졌을 때 가까이에 있는 생각나는 사람을 찾아가기 마련이다.

'그러니까 입주민 자격으로 수작을 부리는 것 같은데.'

문제는 그게 불법은 아니라는 거다. 변호사도 결국은 피해자가 될 수 있는 거주자니까.

"혹시 형사나 민사에서 제가 도와드려야 할 건 있나요?"

"아니요. 이건 뭐 어려운 소송이 아니니까요. 하지만 아파트 내부로 들어가는 게 영 쉽지 않아서요."

"회사 쪽에서 단호하게 커트해 주면 좋은데."

사실 이 문제의 해결책은 간단하다.

회사에서 해당 지역의 택배 서비스를 거부하면 된다.

택배는 민간 기업이지 공공서비스가 아니다.

당연히 기업별로 차등을 둘 수 있는 조건이 된다.

"회사는 그럴 생각이 없어요."

회사는 배달을 못 해도 어차피 배달 기사의 문제이기에, 문제가 해결되기만을 손 놓고 기다리고 있었다.

"그러면 제가 일단 피해자들을 만나 보죠."

노형진은 고개를 끄덕거리면서 말했다.

이번 사건의 피해자인, 해당 아파트의 배달을 담당하는 택배 기사는 총 여덟 명이었다.

노형진이 약속한 장소에서 마주한 그들의 얼굴에는 푸르죽죽한 색이 가득했다.

'하긴, 마음고생이 심하기는 하겠지.'

택배 기사는 한국 사회에서 절대 갑이 아니다.

그런 상황에서 양측에서 공격받고 있으니 어찌 보면 당연한 일.

"저희 입장에서는 방법이 없습니다. 싸워도 보고 읍소도 해 봤지요. 그런데 저쪽은 절대 물러날 생각이 없답니다."

"거기 아파트들이 30층입니다, 30층. 그런 곳에서 택배를 하나하나 들고 계단으로 오르내리며 배달하라고요?"

"한 동만 배달해도 하루가 다 갑니다."

"그렇게 말하니까 뭐라고 하는지 아십니까? 계단으로 다니는 게 건강에도 좋지 않냐고 합니다. 그렇게 건강을 챙길 거면 자기들이 다니면 안 된답니까?"

푸념과 한탄.

노형진은 그들의 말을 한참 들어 준 다음에 조용히 물었다.

"거기로 가는 물건을 접수하지 않으면 안 됩니까? 엄밀하게 말하면 외부 계약자 아닙니까?"

"그건 그렇지요."

그런 경우 부당한 배달 접수는 거부할 수 있다.

직원이 아니니까.

"저희도 처음에는 그랬지요. 말이 안 되니까요. 그런데 회사에서 뭐라는지 아십니까? 그러면 다른 곳도 안 준답니다."

"네?"

"저희가 담당하는 곳이 거기만이 아니지 않습니까?"

배달 한 건당 800원. 그게 대한민국 배달 기사의 현실이다.

그 아파트가 세대가 많다지만 그들이 배달해야 할 곳 중에는 다른 지역 아파트들도 있다.

"솔직히 말하면 그 지역 배달 물량은 20%밖에 안 됩니다."

그런데 회사에서는 그걸 거부하는 경우 나머지 80%의 물량도 주지 않겠다고 협박했다고 한다.

"저희도 사람입니다. 먹고살아야 하고 부양해야 하는 가족이 있는데……."

나머지 80%의 물량을 받지 못한다는 건 사실상 실직을 의미하니 택배 기사들의 생계 자체가 불가능해진다.

"변호사님도 아시겠지만 저희 지입입니다."

차량을 가지고 외부 계약으로 들어가는 형태. 현재 대한민국의 보편적인 형태다.

"당장 돈이 안 들어오면 자동차 할부도 못 냅니다."

유일한 생계 수단인 차량의 할부금도 내지 못하면 당연히 차량에 대한 압류가 진행될 게 뻔하다.

'그걸 아니까 저 지랄을 하는 건데.'

노형진은 턱을 문질렀다.

'그리고 현실적으로 택배를 배달하지 않는다고 해서 그쪽에 타격이 가는 건 거의 없단 말이지.'

물론 아파트 주민으로서는 귀찮은 부분은 있을 것이다.

하지만 그건 어디까지나 자신이 직접 마트에 가야 한다는 수준의 귀찮음이지, 지금 이들처럼 생계가 절박해지는 귀찮음은 아니다.

'내가 돈으로 좀 도와줄 수는 있지만.'

하지만 그것도 한계가 있다.

일단 노형진이 돈을 빌려주면 잠깐은 버틸 수 있다.

하지만 그건 결국 채무가 되고, 그걸 갚기 위해서는 저쪽에 더 질질 끌려다니게 된다.

그렇다고 노형진이 그 돈을 돌려받지 않을 수도 없는 노릇.

"저희가 많은 걸 원하는 게 아닙니다. 일을 안 하겠다는 것도 아니고, 단가를 높여 달라는 것도 아닙니다."

그냥 상식적으로 이전처럼 차량 운행을 가능하게 해 주고, 엘리베이터를 타고 배달할 수 있게 해 달라는 것.

지극히 상식적이고 멀쩡한 요구다.

'그렇다고 해서 저쪽에서 그걸 받아들일 리가 없지.'

그 요청을 받아들일 정도로 멀쩡한 놈들이라면 애초에 이런 정신 나간 헛소리를 할 리가 없다.

"일단 제가 해 드릴 수 있는 건 없습니다."

"네?"

"해 주실 수 있는 게 없다니요?"

"현실적으로 말씀드리죠. 이 문제에 대해서는 제가 해 드리는 데에는 한계가 있습니다."

"어째서요?"

"여러분의 생계 문제가 달려 있으니까요."

노형진은 솔직하게 말하기로 했다.

"세상에서 가장 무서운 게 목구멍이라고 합니다. 목구멍이 포도청이라고 하지요."

"그런데요?"

"짧게는 한 달, 길게는 세 달까지 여러분이 일을 안 하셔야 합니다."

"그게 가능하겠습니까? 그리고 저희가 안 한다고 해도 그 자리에 다른 지입이 들어올 겁니다."

그게 문제다. 이들이 안 한다고 해도 어차피 누군가는 들어와서 할 테니까.

그러니 택배 회사들은 절대로 이들의 사정을 봐주지 않는 것이다.

"압니다. 그래서 제가 이렇게 말씀을 드리는 겁니다. 여러분이 3개월만 쉬시면 업체는 이번 싸움에 적극적으로 나설 수밖에 없습니다."

"그래요?"

"네."

노형진은 고개를 끄덕거렸다.

"단, 조건이 있습니다."

"조건이라고 하시면?"

"여러분이 저를 도와주셔야 합니다. 그 과정에서 약간은 가슴 아프고 억울한 일이 있을지도 모르겠지만요."

모두가 같이 잘 살 수는 없다.

그걸 알기에 노형진은 이들의 확신을 받아 둬야 했다.

"원래 사회란 가진 자가 못 가진 자들끼리 싸움을 붙이고 그걸 낄낄거리면서 구경하는 게 현실입니다. 그로 인해 자신들이 피해를 입기 전까지는, 그들의 싸움은 남의 싸움이지요."

"다른 사람과 싸워야 한단 말인가요?"

"네."

그 말에 여덟 명의 택배 기사들은 서로를 돌아보다가 굳은 결심을 한 듯 고개를 끄덕거렸다.

"알겠습니다."

"어차피 바닥입니다. 우리 자식들을 먹여 살릴 수만 있다면 뭐든 하겠습니다."

결의에 찬 그들의 모습에 노형진은 묘한 미소를 띠며 말했다.

"좋습니다. 그러면 여러분은 지금부터 악마가 되셔야 합니다."

⚖️

염경진은 부하의 보고에 피식 웃었다.

라진택배 경기 지부를 총괄하는 그에게는 수많은 이야기가 들려온다. 하지만 대부분은 턱도 없는 소리다.

"뭐?"

"부천 신도시 말입니다. 거기에서 문제가 된 지역 택배 기사가 그 지역 택배는 거부하겠답니다."

"뭔 개소리야? 누구 마음대로?"

"하지만 지부장님, 그 아파트 진짜 어떻게 하기는 해야 합니다. 그곳 때문에 제대로 배달이 안 됩니다."

"그건 우리 알 바 아니지. 우리는 배달 지역을 배정해 줬으니 그곳의 택배를 배달 못 하는 건 그 새끼들 잘못이지."

"하지만 현실적으로 그게 말이 됩니까, 계단으로 오르내리며 직접 배달한다는 게?"

"시끄럽고, 알아서 배달하라고 해."

"하지만 계속 불만이 쌓이고 있습니다, 하루 이틀도 아니고."

당연히 택배 기사들은 그들의 말을 무시하면서 엘리베이터로 물건을 날랐고, 입주민들은 그것만 보면 경비원을 불러서 지랄 발광을 해 댔다.

결국 경비원은 눈에 불을 켜고 택배 기사들과 멱살잡이를 하고 말이다.

"그 새끼들이 안 한다고 하면 그냥 다른 애들 보내."

"하지만 거기를 맡으려고 할지……."

"어차피 거기 물량이 20%나 되잖아? 지입하려고 줄선 애들은 많아."

"네, 알겠습니다."

염경진의 말에 부하 직원은 긴 한숨을 내쉬었다.

그리고 짜증을 내면서 내려왔다.

"지부장님이 뭐래요?"

"다른 지입 데리고 하란다."

"아, 또요? 거기 그냥 버리면 안 돼요? 사실 수익도 얼마 안 되는데."

한 지역에서 20%의 수익. 많다면 많지만 업체 입장에서는 아주 큰 수익은 아니다.

"나도 그러고 싶지. 그런데 그 지역에서 민원이 들어오면 시끄럽다고."

"아니 민원이고 자시고, 그러면 일이나 할 수 있게 해 주든가."

"아, 모르겠고, 그냥 다른 지입 차량 배당해."

"알겠습니다."

"후우~ 그놈의 아파트, 불도저로 밀어 버릴 수도 없고."

고개를 절레절레 흔드는 부하 직원.

그러나 그는 그 모든 게 노형진의 함정이라고는 꿈에도 생각하지 못했다.

⚖

지입 차량을 가지고 온다는 것. 그건 쉽게 말해서 개인적으로 소유한 차량으로 업무를 보는 행위를 의미한다.

그리고 노형진은 그 행동의 약점을 정확하게 알고 있었다.

"화물 운송은 사실 아무나 못 합니다. 지금은 사실 사법화되어 있기는 한데, 화물 운송에 대한 영업은 별도의 허가를 얻어야 합니다."

한국의 영업용 차량들은 노란색의 번호판을 달고 영업해야 한다. 그건 상식이고 기본이다.

"하지만 현실적으로 그렇지 않아요."

영업용 차량에 관한 법은 과거에 우체국이 모든 물류를 담당하던 시절에 머물러 있다.

하지만 택배업이라는 것이 생겨나면서 영업용 차량의 수요는 어마어마하게 늘었는데, 정작 영업용 차량의 허가는 거의 그대로다.

"그건 알고 있어요. 그런데 그것과 이번 일이 무슨 관계가 있는 거죠?"

민시아 변호사는 고개를 갸웃했다.

"간단합니다. 책임의 문제죠."

"책임의 문제?"

"현재 택배업은 대부분 지입으로 운영됩니다. 그리고 그 지입 차량들은 대부분 무허가죠."

그럴 수밖에 없는 게, 현재 영업용 차량의 허가는 거의 제로 수준이다.

정부에서는 추가적인 허가를 거의 내주지 않는다.

내준다고 해도 그 면허를 따는 조건이 어마어마하게 까다롭다.

"현재 영업용 차량 번호판의 가격은 3천만 원이라고 하더군요."

서민이 3천만 원이 있다면 택배 배달이 아니라 가게를 알아봤을 것이다.

차량의 구입과 그걸 개조하는 비용까지 생각해서 합하면 족히 8천은 될 테니까.

당연히 택배 기사들은 어쩔 수 없이 자신의 지입 차량으로 불법적으로 배달한다.

"하지만 고발은 안 하잖아요?"

"그렇지요. 사실 굳이 고발할 이유가 없죠."

대부분의 국민들은 이러한 법에 대해 모르는 데다가, 설사 안다고 한들 그 차량들을 굳이 따라다니면서 고발할 이유는 없다.

택배 기사들은 현대의 사람들이 여유를 즐길 수 있게 해 주는 고마운 사람들이다.

필요한 물건이 있을 때마다 일일이 마트나 시장을 가는 것은 엄청나게 귀찮은 일이니까.

"지금까지는 말이지요. 하지만 이제는 고발할 겁니다."

"그 택배 기사분들이요?"

"그럴 수는 없죠. 제가 사람을 써서 대신 고발할 겁니다."

택배 기사들이 직접 고발하는 건 어려운 일이 아니다.

하지만 그랬다가는 나중에 문제가 해결된 후에 업계에서 그들을 받아 주지 않을 수도 있다.

노형진의 말에 민시아는 고개를 갸웃했다.

"어째서요? 이해가 안 가는데요. 그런다고 해서 안 걸리는 것도 아니고."

"우리가 말을 안 하면 모를 수밖에 없지요."

"하지만 우리가 그 문제를 이야기하는 순간 알아차릴 텐데요. 의뢰인이잖아요?"

노형진은 그 말에 고개를 흔들었다.

"의뢰인은 따로 구할 겁니다."

"의뢰인을 따로 구한다고요?"

"네. 절대 거부할 수 없는 의뢰인을 구할 겁니다. 그들은 금방 나타날 테니까 걱정하지 않으셔도 됩니다."

"그러면 지금 의뢰인들은요? 싸워야 한다면서요."

"그분들이 대기업과 싸울 이유는 없지요. 애초에 변호사를 왜 사는데요?"

대신 싸워 달라고 변호사를 사는 거다.

그런데 노형진이 그들에게 싸워 달라고 하면 그건 주객이 전도되는 거다.

"싸울 상황은 금방 생기니까 걱정하지 않으셔도 됩니다."

노형진은 민시아에게 자신 있게 말했다.

⚖️

대한민국의 모든 영업용 차량들은 자동차운수사업법을 따

라야 한다. 하지만 현실적으로 택배 배달을 하는 사람들은
그걸 지킬 여력이 없다.

"이게 뭡니까?"

손창식은 자신을 붙잡는 남자의 말에 살짝 짜증이 났다.

건당 800원. 가족을 먹여 살리기 위해서는 한 건이라도 더
뛰어야 한다.

밥 먹을 시간마저도 아껴서 일해야 그나마 생활비가 나온
다. 실제로 많은 택배 기사들이 운전석에서 빵이나 삼각김밥
으로 끼니를 때우는 게 현실이다.

"당신, 운수사업법상 허가받은 것 같지 않은데?"

남자는 힐끔 차량을 보면서 말했다.

그 말에 손창식은 온몸에 소름이 돋았다.

"그, 그게 무슨 말씀이십니까?"

"척 보니 택배 기사인 모양인데, 이 차 번호판을 보니까
불법 같은데?"

"저기, 손님……."

"나는 택배 시킨 것도 없으니까 손님은 아니고. 면허 있으
면 잠깐 봅시다."

"…….."

"위험하게 말이야, 당신 뭐 하는 거야?"

"아니, 저기 이건요……."

"이거고 자시고, 허가받은 거 아니지?"

"……."

"이거 미쳤네. 대한민국 법이 다 죽었어?"

"그건…… 아닙니다."

"영수야, 경찰 불러라."

"아, 제발, 제발 부탁드립니다. 저희 가족, 이거 없으면 다 굶어 죽습니다."

물론 경찰도 이러한 사실은 다 알고 있다.

하지만 그들도 개인 택배를 하는 사람들이 얼마나 힘들게 일하는지 알기에 봐도 모른 척한다.

그러나 그건 어디까지나 우연히 스쳤을 때의 이야기지, 단속 기간에 제대로 걸리거나 이렇게 신고가 들어오는 경우에는 봐주고 싶다고 해도 봐줄 수가 없다.

특히 요즘은 신고하고 끝이 아니라 처리 결과까지 신고자에게 이야기해야 하다 보니, 봐준 사실을 경찰에 신고하면 경찰도 적지 않은 벌금을 내야 한다.

"제발, 제발 부탁드립니다. 한 번만 봐주십시오."

"법을 지켜야지, 법을."

"저도 가족이 있습니다. 제발……."

손창식이 빌자 남자는 짜증스럽게 말했다.

"아, 진짜. 내가 한 번만 봐줍니다."

"감사합니다."

"내일부터는 진짜로 신고할 거야."

"네?"

"한 번만 봐준다고 했지, 계속 봐준다고는 안 했잖아."

"하지만 이건 제 생계 수단⋯⋯."

"면허를 사라고, 면허를. 아니면 따든가."

"그게⋯⋯."

당연히 뭐든 지금 가능한 건 없다.

결과적으로 영업하지 말라는 거다.

"내일도 보이면 진짜로 경찰을 부를 거야. 알아서 해."

남자는 그렇게 멀어져 갔고, 손창식은 그런 그의 뒷모습을 멍하니 바라보았다.

둘째 날. 손창식은 제발 그 미친놈들에게 안 걸리기를 기도하면서 택배 업무를 시작할 수밖에 없었다.

하지만 마치 기다리기라도 한 듯 또다시 마주친 두 남자.

"이 사람, 진짜 내가 병신으로 보이나?"

"아닙니다."

"야, 경찰에 신고해."

"네, 형님."

"저, 그냥 봐주시면 안 됩니까? 저도 먹고살자고 하는 건데."

"세상일이 다 먹고살자고 하는 거야. 그렇다고 해서 불법을 저지르면 안 되지."

"하지만 이건⋯⋯."

"아, 몰라. 모르겠고, 법대로 할 거야."

"제, 제발 한 번만 봐주십시오. 돈이라면 드리겠습니다."

"이 사람이 진짜, 누굴 협박범으로 아나?"

남자는 눈을 찌푸리더니 고개를 획 돌려서 차량에 있는 택배 회사의 번호를 확인했다.

그리고 다짜고짜 거기로 전화했다.

"라진택배죠? 당신들 미쳤어? 어? 지금 영업허가도 안 받은 차량으로 택배를 배달해? 뭐? 지입이라고? 자기 책임 없다고? 지랄하지 마, 이 새끼들아. 내가 며칠을 두고 봤는데. 척 보면 알 거 아냐? 거기에 왜 물건을 넘기는데? 영업 차량 아니면 주지 말아야 할 거 아냐!"

남자는 고래고래 소리를 질렀고, 그 말을 들으면서 손창식은 눈을 질끈 감았다.

이런 경우 회사에서 자신을 자를 건 너무 뻔한 일이니까.

"내가 오늘은 그냥 넘어가지만 내일 또 오면 정말 경찰 부를 줄 알아. 아, 그리고 이거 녹음했으니까 또 알짱거리면 이것도 다 경찰에 넘길 거야."

남자는 그렇게 말하고는 전화를 탁 끊었다.

"나중에 봅시다. 여기에는 오지 말고."

어깨를 탁탁 치며 떠나는 남자들.

그리고 손창식은 고개를 떨궜다.

손창식은 당연히 자신이 잘릴 거라 생각했다.

그래도 먹고살아야 해서, 살 방법이 하나뿐이라서 결국 다시 차를 끌고 택배물을 받으려고 집하장으로 향했다.

그런데 집하장의 분위기가 이상했다.

"뭐야? 왜 안 되는데?"

"회사에서 공문이 내려왔습니다. 영업허가가 없는 차량들에는 물건을 배정하지 말라고요."

"아니, 무슨 소리야?"

"그러면 우린 뭘 먹고살라고?"

"당분간만 참으세요! 당분간만!"

"당분간이고 뭐고, 그러면 우리는 어쩌라고?"

그에게는 택배물이 배정되지 않을 거라 생각하기는 했다.

그런데 그뿐만이 아니었다.

지입 차량 중에서 80% 이상, 즉 영업허가 안 받은 사람들은 모두 배정받지 못하게 된 것이다.

"주변에서 지랄한다고 해서 우리한테 안 주면 어쩌자는 건데?"

"우리는 뭐 죽어라 이거야?"

분노한 사람들. 하지만 회사 사람들 입장에서도 어쩔 수가 없었다.

"만일 여러분한테 화물을 줬다가 고발이라도 당하면 저희도 처벌받아요."

"그러면 어쩌라고?"

"일단 회사에서는 당분간은 몸을 사리면서 어떻게 해서든 누가 이 일의 주동자인지 알아내겠답니다."

"그게 얼마나 걸리는데?"

"글쎄요."

택배 기사들에게 설명하는 직원 입장에서도 이해가 안 가는 건 마찬가지였다.

'도대체 누구야, 이런다고 해서 이득을 얻는 사람이?'

아무리 생각해도 없다.

그런 직원에게, 손창식이 다급하게 다가와서 물었다.

"무슨 일입니까?"

"전국에서 무면허 택배 운반을 하면 경찰을 부르겠다는 항의가 속출하고 있어요."

"항의가 속출해요?"

"네, 어제만 해도 이백 건이 넘게 왔어요. 서울이랑 경기도권에서는 다 터진 수준이라……."

"네?"

자기에게만 그 난리를 친 줄 알았다.

그런데 서울과 경기도권에서는 거의 다 터졌다니?

"그쪽에서는 한 번만 더 영업하면 고발하겠다는데……."

"혹시 녹음했다고 하던가요?"

손창식의 말에 직원은 고개를 끄덕거렸다.

"회사에서는 그렇게 되면 벌금을 어마어마하게 두드려 맞으니까."

현실적으로 그들을 쓸 수는 없다.

이미 한 번도 아니고 두 번이나 경고했는데 계속 운행하는 꼴이니까.

"일단은 배후에 누가 있는지부터 알아내고, 해결한 후에 저희가 다시 업무를 드리겠습니다."

"이봐, 박 과장! 그러면 우리는 어쩌라고!"

웅성거리는 사람들과 분노하는 사람들.

그러나 그 옆에서는 다른 이유로 화내는 사람들도 있었다.

"씨발, 장난하냐? 하루 만에 배송 구역이 다섯 배가 뛰는 경우가 어디 있어?"

"미안합니다. 어떻게 배송 좀……."

"지랄 마. 내 배송 구역 끝내고 집에 가면 10시야. 그런데 다섯 배를 늘려? 미쳤냐?"

80% 이상을 차지하는 무허가 배송 차량들을 쓰지 못하게 생겼으니 당연히 20% 이하의 허가를 받은 차량들이 배송해야 한다.

그런데 한순간에 물량이 다섯 배가 늘어나면 사람이 버틸 수 있을 리가 없다.

"야! 여기를 어떻게 가라고? 내 구역도 아니라 길도 몰라!"

"그냥 배송하세요!"

"뭐, 씨발? 네가 안 간다고 말 너무 막 하는 거 아냐?"

"저희도 방법이 없습니다."

대혼란에 휩싸인 집하장.

그리고 그 대혼란 속에서 손창식은 왠지 소름이 돋았다.

뭔지 모를 거대한 일이 벌어지고 있다는 게 느껴졌다.

"택배 업무는 시간을 다투는 일이죠."

노형진은 시계를 보면서 말했다.

저 앞에는 택배 회사 차량이 움직이고 있었다.

물량이 무려 다섯 배가 늘었으니 택배 기사의 발등에 불이 떨어졌다.

물량이 다섯 배가 늘었다는 것은 단순히 그만큼 더 일해야 한다는 뜻이 아니다. 공간이 다섯 배가 늘었으니 이동 시간은 더 길어지고, 길도 모르니 당연히 시간은 더 걸린다.

그리고 다섯 배로 늘어난 화물을 한 차에 다 실을 수도 없으니 당연히 한 번 돌고 가서 다시 화물을 가지고 와야 한다.

아무리 차에 꽉꽉 눌러 담아도, 못해도 네 번은 왕복해야 하니 당연히 시간은 더 걸린다.

그걸 그나마 보충하기 위해 일을 받지 못한 다른 택배 기사를 데리고 와서 발등에 불이 떨어진 것처럼 이리 뛰고 저리 뛰고 있지만, 그렇다고 해서 갑자기 없는 시간이 생기지는 않는다.

"이쯤이면 될 것 같은데요."

노형진은 열심히 찍어 놓은 사진을 확인하면서 말했다.

"아마 모레쯤 되면 난리가 날 겁니다."

"노 변호사님, 그런데 이런다고 해서 문제가 해결되나요?"

"아, 문제는 해결됩니다. 걱정하지 마세요."

민시아는 영 찝찝한 표정이었다.

그럴 수밖에 없는 게, 정작 문제가 된 아파트에는 손대지 않고 뜬금없이 택배 회사를 조지고 있으니까.

"법적으로 우리가 할 수 있는 게 없으니 법적으로 할 수 있는 뭔가를 찾아야 합니다. 그게 좀 우회하는 거라고 해도요."

"우회라…… 아무리 봐도 이건 엄청 돌아가는 거고, 최종 도착지도 모르겠는데요?"

"도착지는 언제나 같습니다. 승리."

노형진은 씩 웃으며 말했다.

"승리가 빠르고 느리고의 차이일 뿐입니다. 택배 회사들은 이길 수 있으니 걱정하지 마세요."

노형진의 말에 민시아는 입맛을 다시면 멀어지는 택배 차량을 바라볼 수밖에 없었다.

"미친! 이게 뭐야?"

택배 회사에 날벼락이 떨어졌다.

그럴 수밖에 없는 게 어마어마한 양의 딱지가 택배 기사들에게 날아왔기 때문이다.

"이거 어쩌냐?"

"이거 다 못 내."

"아니, 못 내는 걸 떠나서, 이 정도면 면허취소라고."

택배 배송을 하기 위해서는 당연히 차량을 이용해야 한다.

그런데 현실적으로 정해진 위치에 주차하면서 택배를 배달한다? 그건 불가능하다.

더군다나 물량이 평소의 다섯 배. 당연히 그걸 배달하기 위해서는 더더욱 빨리 움직여야 했다.

불법 주정차, 불법 유턴, 신호 위반, 중앙선 침범 등등 하지 말아야 할 짓을 다 해도 다섯 배의 물량은 제때 배달하지 못할 정도의 양이다.

그런데 딱지까지 날아온다?

택배 회사 입장에서는 날벼락이나 다름없었다.

"이건……."

"아, 씨발. 야, 나 내일부터 평소 양만 한다."

"아니, 그러시면……."

"그러시면이고 나발이고, 이거 돈 내줄 거야? 어? 내줄 거냐고."

처음에는 범칙금이지만 나중에는 과태료로 바뀐다.

그런 경우 비용은 늘어나지만 대신에 벌점이 붙지 않는다.

벌점이 30점을 넘어가는 경우 면허가 취소되기에 택배 기사들은 어쩔 수 없이 과태료를 내야 한다.

"씨발, 이거 안 보여? 이거 다 과태료로 바뀌면 50만 원이야! 50만 원!"

"그건……."

"왜? 뭐? 안 하면 자른다고? 이 지랄맞은 상황에?"

택배 기사들은 바보가 아니다.

80%에 달하는 불법 택배 차량이 영업을 못 하는 이상 영업허가가 있는 20%의 차량은 절대 갑일 수밖에 없다.

그러나 아무리 기사들이 절대 갑이라고 할지라도 택배 회사에서 과태료를 대신 내주지는 않는다.

"내가 한 달 내내 택배 날라서 버는 게 250이이야. 그런데 하루 만에 50 날렸어. 그런데 또 다섯 배나 배달하라고?"

"……."

"그리고 척 보면 몰라? 누구인지는 모르겠지만 우리 엿 먹이려고 작정한 건데."

우연히도 아니고 따라다니면서 하나하나 사진을 찍어서 신고했다.

얼마 전에는 불법 지입 차량들을 누군가 고의적으로 고발한다고 협박 아닌 협박을 들었다.

"누군가 작정하고 우리 엿 먹이려고 하는데 정작 과태료는 우리 돈으로 내면서 일하라고?"

"누굴 병신으로 아나!"

발끈한 기사들은 언성을 높였다.

"우리는 제대로 정속 주행하면서 택배 업무 할 테니까 알아서 해."

"저기요, 그러시면 곤란합니다."

"곤란이고 뭐고, 회사에서 해결 못하는 걸 왜 나한테 지랄하는데?"

"씨팔, 우리가 호구인 줄 아나?"

택배 기사들이 화내며 나가자 김 부장은 머리를 부여잡았다.

"도대체 무슨 일이 벌어지고 있는 거야?"

고작 한 지점을 책임지고 있는 그는 도무지 지금의 상황을 이해할 수가 없었다.

⚖️

경기도권 대부분에서 벌어지고 있는 이 사태.

이 사태에 대해 택배 회사들은 긴급 회동을 하고 난리가 났다.

이것이 법이다

"그 신고한 사람들이랑 접촉해 봤습니까?"

"말도 마세요. 그랬다가 난리가 났습니다."

"난리요?"

"어떻게 이 번호를 알았느냐며 따지고, 내용증명 날아오고, 경찰에 고발당하고."

원래 그러한 신고자의 정보는 보호해 줘야 한다.

하지만 일부 경찰이 뇌물을 받고 신고자의 정보를 넘겨줬다.

당연히 택배 회사들은 그들을 만나서 어르고 달래고, 안되면 협박이라도 해서 입 닥치게 하려고 했다.

"지금 경찰에서 줄줄이 감사 들어가고 난리가 났습니다. 감사청에서도 난리가 났고요. 관리 소홀로 시장한테 민사소송까지 준비 중이랍니다."

불법 주정차 같은 경우는 경찰의 업무가 아니라 자치단체의 업무다.

즉 그 자료를 준 사람이 공무원이라는 소리인데, 공무원을 족치는 가장 좋은 방법은 위쪽을 족치는 거다.

"누군지 모르지만 개인은 아닙니다. 확실히 아니에요."

택배업을 하는 회사들은 다들 당혹감을 감추지 못한 채로 이런저런 이야기를 나누었다.

이 문제를 어떻게 해결할지에 대해 말이다.

그런데 그들의 우려와 달리 이 사달을 벌인 사람은 금방 드러났다.

"회장님, 지금 본사에서 연락이 왔습니다."

"본사?"

"그렇습니다. 각 업체들이 우리 측에 소송을 걸었다고 합니다."

"소송? 무슨 소송?"

"손해배상입니다."

"뭐? 무슨 손해배상?"

"그게⋯⋯."

부하 직원의 말은 이랬다.

택배를 이용해서 물건을 보내는 기업들, 그들은 지난 며칠 간 어마어마한 손해를 봤다. 사실상 택배 물류가 멈추어 버렸기 때문이다.

택배는 보냈는데 배송이 되지 않자 환불 요청이 속출했고, 음식물이나 부패 가능성이 있는 물건들은 죄다 썩어 문드러졌다.

아무리 아이스 팩으로 싼다고 해도 결국 버틸 수 있는 건 하루 이틀이지, 냉동식품 같은 건 이틀만 지나면 썩어 문드러질 수밖에 없다.

"그 업체들이 손해배상을 요구하고 있습니다."

"시팔."

그리고 속속 들어오는 비서들의 보고에 각 회사의 대표들은 다 똑같은 표정이 되기 시작했다.

"그런데 특이 사항이 있습니다."

"특이 사항이라고 하면?"

"고소 대리인이 다 새론입니다."

"뭐, 새론이라고!"

누가 뒤에서 장난친 건지 드러나는 순간이었다.

며칠 전, 노형진은 다음 업무를 진행할 계획이었다.

"다들 아시겠지만, 요 며칠 택배 배송 업무는 사실상 정지되었습니다. 그리고 그로 인해 손해가 발생한 분들이 있지요. 우리의 목표는 그분들을 설득해서 손해배상을 청구하게 하는 것입니다."

노형진의 말에 듣고 있던 민시아는 놀랍다는 생각이 들었다.

사실 노형진이 택배 업무를 사실상 봉쇄했을 때 왜 저러는지 몰랐다.

하지만 결과적으로 택배는 멈췄고, 그 책임은 택배 회사가 지게 되었다.

"확실히 법률적인 문제에 대해 기사분들이 편해지네요."

"네. 그동안 택배 회사들은 기사분들에게 온갖 갑질을 했습니다."

만일 배송 중에 파손되면?

언제 부서졌는지와 상관없이 택배 기사 책임이다.

만일 변질되면?

그것도 택배 기사 책임이다.

만일 늦어지면?

그마저도 택배 기사 책임이었다.

실제로 택배 회사들은 배송이 늦어지는 경우 택배 기사에게 손해배상을 요구하기도 했다.

택배 기사가 그 책임을 면하기 위해서는 그 모든 사건이 자신에게 넘어오기 전 물류 센터에서 벌어진 일임을 증명해야 한다.

"하지만 그건 불가능하죠."

어마어마한 양의 물건들이 쌓여 있는 물류 센터에서 파손이나 부패 등의 일이 벌어지는 것에 대해 증명할 방법도 없거니와, 설사 증명한다고 해도 그걸 증명하고 배상해 달라고 하는 순간 택배 회사에서 계약 해지를 당한다.

"이번 사태의 본질도 그거죠."

어차피 택배 회사들은 중간에 돈만 먹으면 그만이라는 마인드다.

그래서 그들은 아파트 갑질이나 지역민의 갑질도 '너희들이 알아서 하세요.'라는 마인드로 일관하고 있었다.

그게 노형진이 노리는 거였다.

"잘못을 한 개인 아파트가 아니고요?"

"현실적인 부분을 이야기해 보죠. 우리에게 아파트를 상대로 소송하거나 손해배상을 받거나 내규를 바꿀 수 있는 방법이 있습니까?"

"없지요."

변호사들은 고개를 흔들었다. 그런 방법이 있다면 이 문제는 벌써 오래전에 해결되었을 것이다.

"우리는 변호사지 법을 만드는 국회의원이 아닙니다. 없는 법을 가지고 그들을 압박할 수는 없지요. 물론 갑질을 하는 개개인에게는 복수할 수 있을지도 모릅니다. 하지만 그 아파트 전체가 그 꼴인데 누구를 상대로 소송할 건가요? 그리고 누구한테 책임을 묻겠습니까? 책임을 묻는다 한들 그 배상을 받는 게 무슨 의미가 있을까요?"

애석하게도 아무런 의미도 없다.

개개인에게 각 소송을 다 할 수도 없고, 택배 기사들이 삶을 포기하고 소송에만 매달릴 수도 없다.

"결론적으로 말씀드리면 그들을 배제해야 합니다. 그리고 그걸 할 수 있는 게 바로 택배 회사들이지요."

노형진의 말에 다들 고개를 끄덕거렸다.

"그래서 그들을 압박하는 걸로 방향을 정한 겁니다."

"그렇다면 택배로 인해 손해를 본 기업들이 주요 고객이겠군요."

"맞습니다. 택배 회사들은 그동안 최종 배송이 택배 기사들에 의해 이루어진다는 이유로 모든 책임을 기사들에게 넘겼습니다."

하지만 지금은 아니다.

택배 기사들은 결국 일을 못 하고 있고, 대부분의 물류는 여전히 택배 회사들의 창고에 쌓여 있다.

'웃기는 거지.'

택배 회사들의 수익은 나날이 늘어나는데 여전히 택배 기사들의 건당 수수료는 800원이다.

그런데 웃긴 건, 원래 택배 수수료는 건당 1,200원이었다는 것이다.

2002년 택배 수수료는 1,200원이었다. 그런데 지금은 800원.

10년이면 강산이 변하고 물가도 상승하는데, 회사들은 택배 기사들이 저항하지 못하는 걸 알고 도리어 자신들의 힘을 이용해서 상승분은 인정하지 않고 무려 30% 이상 임금을 깎은 것이다.

"그리고 다들 모르시겠지만 택배 회사들은 물류비도 따로 거둬들입니다."

"네? 그게 무슨 말이지요?"

"말 그대로입니다. 물류는 택배 회사의 책임이지요."

하지만 택배 회사들은 그걸 배송하는 사람들에게 물류비를 따로 내게끔 한다. 외주 업체니까 가능한 거다.

"논리적으로 말이 안 되는데요. 택배비에 이미 물류비가 포함된 거 아닌가요?"

소비자들이 지출하는 택배비에는 분명 그 물류비가 포함되어 있다.

그런데 그걸 택배 기사에게 따로 요구한다?

"을이니까요. 절대 저항하지 못하는 을이니까요."

달리 먹고살 수가 없다는 것. 가족이 있다는 것.

택배 기사들은 그러한 문제 때문에 저항할 수가 없다.

그리고 택배 회사들은 그걸 이용해서 악착같이 뜯어먹었다.

그래서 택배 기사들은 삶을 포기해야 했다.

건당 수수료가 줄어든 만큼 더 많이 배송해야 했고, 처음에는 6시에 끝나던 게 8시, 10시, 이제는 12시에 끝나는 경우까지 있다.

"그걸 이참에 고칠 생각입니다."

"택배 기사들이 일을 못 하는 걸 가지고요?"

"네."

노형진은 고개를 끄덕거렸다.

"아마 재미있을 겁니다."

"그리고 그 시작이 택배 회사로 인해 손해를 본 기업들이다?"

"당연한 거죠."

물류가 여전히 그곳에 묶여 있으니까.

그로 인해 반품당하고 취소당하고 있는 건 다른 피해자들이니까.

"그들을 모아서 소송하면 아마 상황이 재미있어질 겁니다."

노형진의 말에 조용히 대화를 듣고 있던 민시아는 우려 섞인 표정이 되었다.

"그런데 그렇게 되면 택배 기사님들이 힘들어지지 않겠어요? 솔직히 기다리는 사람들이야 진짜 필요한 것만 나가서 사면 그만이지만…….”

하지만 택배 기사들에게는 진짜 생존이 달려 있는 문제다.

그러한 문제를 해결하기 위해서는 시간이 얼마나 걸릴지 알 수가 없다.

“생각보다 오래 걸리지 않을 겁니다.”

노형진은 자신 있게 말했다.

“이럴 때 쓰라고 있는 게 인맥 아니겠습니까?”

먹어 달라는데 먹어 줘야지요

"택배? 뜬금없이 웬 택배?"

"택배가 돈이 됩니다만."

"아니, 택배가 돈이 되는 거야 알고 있네만 그걸 왜 우리가 하느냔 말일세."

유민택은 뜬금없이 찾아온 노형진의 말에 고개를 갸웃했다.

택배가 한국 물류 산업의 핵심인 건 안다.

그게 없다면 인터넷 산업이고 나발이고 아무것도 없는 거니까.

"그런데 왜 우리가? 이해가 안 가는데. 이미 대한민국의 택배 사업은 레드 오션이야. 들어갈 자리가 없다네. 자네가 몰라서 그러는 건지도 모르지만."

유민택의 말에 노형진은 미소를 지었다.

"검은 머리 외국인은 나쁜 놈들만 쓰는 게 아니지요."

하지만 유민택은 웃으며 하는 노형진의 말을 이해할 수가 없었다.

"무슨 말인가?"

"저도 악마가 될 수 있다는 말입니다. 저쪽에서 불법적으로 일하는데 제가 합법적으로 당해 줄 수는 없으니까요. 수익이라는 건 그렇습니다. 결국 파이는 한정되어 있고, 누군가는 그걸 빼앗겨야 합니다."

물론 그 과정에서 그들은 막대한 피해를 입을 수밖에 없다.

"제가 대룡을 끼고 한국에 택배 회사를 차린다면 말입니다, 어떤 일이 벌어지겠습니까?"

노형진의 말에 유민택은 잠시 생각에 잠겼다가 입을 열었다.

"그런다고 해서 택배 시장을 다 먹을 수 있을 것 같지는 않은데."

"그건 어디까지나 기존의 택배 업체들이 제대로 굴러갈 때의 이야기지요."

이미 며칠이나 택배가 멈췄지만 각 회사들은 여전히 대응책을 세우지 못하고 있다.

불법 택배 차량은 쓰지도 못하고 20%도 안 되는 합법 차량을 이용해서 무리하게 운행하고 있는데, 그마저도 하염없이 배달이 미뤄지고 있다.

"이야기를 들어 보니 택배 물류 센터도 개판이 된 모양이더군요."

물건은 계속 들어오는데 배송할 사람은 없으니 나날이 쌓여만 간다.

그리고 그 안에서 어떤 게 상하는 물건인지 알 수도 없다.

"사방에 썩은 내가 진동하고, 그로 인해 어떻게 배송해도 항의가 들어온다고 하더라고요."

기분 좋게 택배를 받았는데 거기서 음식물 썩은 내가 나면 사람들이 과연 그럴 수도 있지 할까? 당연히 전화해서 지랄 발광을 하게 된다.

"현재 대한민국 택배는 80%쯤 정지되어 있습니다."

"거기에 들어가겠다?"

"네."

단순히 재판에서 이기기 위한 수작이었다면 노형진이 이렇게 복잡하게 돌려서 일할 이유가 없다.

"일단 시작한 이상 저도 제 수익은 찾아야 하니까요."

"그래서 자네는 변호사 업무가 취미라는 거야."

변호사로서 사회적 문제를 확인하고 그걸 이용해서 수익을 내는 것은 노형진의 주특기다.

"하지만 아까도 말했다시피 택배는 쉽지 않아. 레드 오션이야. 들어간다고 해서 갑자기 사람들이 쓰지는 않을 걸세."

"그래서 저는 적당한 회사를 하나 인수할까 생각 중입니다."

"인수? 과연 캐시 카우인 택배 회사를 팔려고 하는 회사가 있을까? 설사 한다고 한들 그 안에서 생존이 가능할까?"

유민택의 말에 노형진은 고개를 끄덕거렸다.

확실히 유민택의 걱정은 틀린 말이 아니다.

하지만 노형진은 다른 회사들을 고사시킬 가장 확실한 방법을 쥐고 있었다.

"일단 제가 생각하는 택배 회사의 조건은 이렇습니다."

노형진은 미리 준비한 서류를 내밀었다.

그걸 본 유민택은 깜짝 놀랐다.

"별도의 냉장 식품 전용 택배 차량 운행. 이거야 고객들이 좋아하겠지만……. 잠깐, 이게 뭔 소리인가? 차량은 회사에서 지원, 각 근무자는 일정 사용료를 내고 회사 차량을 사용 가능? 잠깐, 이거 사납금 시스템 아닌가?"

"맞습니다. 사납금이지요."

"불법 아니었나?"

사납금은 택시 운전기사가 회사에 차를 쓰는 조건으로 지급하는 돈을 말한다.

현행법상 불법이지만 택시 회사들은 돈을 뜯어내기 위해 그러한 사납금을 여전히 운영 중이다.

노형진이 그걸 해결하기 위해 택시 운전사 조합을 만들고 여러 노력을 하고 있지만 택시 회사는 허가제인지라 기존 업체가 허가를 빼지 않으면 그 숫자를 늘리는 데 한계가 있을 수밖에 없다.

"택시 운전기사에 대한 사납금은 불법이지요. 하지만 택배는 판례가 없습니다."

"으음."

그 말에 유민택은 이해가 가지 않는다는 듯 고개를 갸웃했다.

"하지만 이게 택배 기사 개인에게 도움이 될까?"

"됩니다. 일단 택배 기사와 택시 기사는 상황이 다르니까요."

"어째서?"

"불확정성 때문입니다."

택시 기사들은 오늘 나갈 때 얼마를 벌지 예상할 수가 없다.

하루 종일 바쁘게 돌아다녀서 100만 원을 벌 수도 있고, 장거리 손님을 받아서 80만 원을 벌 수도 있다.

하지만 재수 없어서 10만 원도 못 벌 수도 있다.

사납금이 문제가 되는 게 그거다.

얼마를 벌든 부족한 돈은 택시 운전기사가 메꿔야 한다는 거다.

엄밀하게 말하면 택시 운전기사는 직원이다.

회사에 돈을 주면 안 된다.

그래서 사납금이 불법이다.

"하지만 택배 기사는 아닙니다."

"응? 아! 그렇군. 택배 기사들은 확정적인 거군."

건당 1,200원. 노형진이 이번에 회사를 만들면서 한 건당 책정한 금액이다.

그리고 차량을 빌려서 집하장에서 짐을 채우는 순간 수익은 확정적이다.

"건당 1,200원이고 하루에 백쉰 건의 택배를 나른다면, 하루 수입 18만 원이 확정되지요."

"그렇군. 한 달이면 휴일을 뺀다고 해도 거의 400만 원은 나오겠군."

약 400만 원의 수입. 그중에서 회사는 사납금으로 대략 100만 원 정도를 가지고 갈 수 있다.

그리고 나머지 300만 원은 배달한 기사의 수입이다.

"현재 택배용 1톤 트럭의 가격은 대략 2천만 원입니다. 그것도 안전 사양을 다 넣고 풀옵션으로 구입할 때 말입니다. 회사에서 대량 구매를 한다면 단가는 더 떨어질 거고요."

거기다가 택배용 케이스를 씌우는 비용을 500만 원으로 잡는다고 하면 한 대당 2,500만 원.

한 달에 100만 원씩 받는다고 치면 2년 정도면 원금은 빠진다.

관리비와 보험료, 기타 직원의 비용까지 생각해도 대략 2년 반이면 확보할 수 있다.

"그리고 그 후부터는 순수익으로 들어갑니다. 트럭의 일반적인 사용 기한은 5~6년입니다. 영업용 차량들은 잘 바꾸지 않으니까요. 물론 관리를 잘하면 더 오래 쓸 수 있지만요.

그리고 이러한 규정의 핵심은 바로 합법성입니다."

차량 자체가 회사 소유다.

그리고 회사에서 영업용 차량을 운영하는 것은 합법이다. 개인 영업면허와는 아무런 상관이 없는 영역.

"지금 회사들은 모두 개인에게 책임을 떠넘기면서 수익만 빼앗아 가고 있지요. 만일 우리가 이렇게 운영하면서 지금처럼 무차별적인 신고 전략을 유지한다면 어떻게 되겠습니까?"

"해 볼 만하겠어."

노형진의 말에 유민택은 혹했다.

무차별적인 신고 전략을 유지한다면 다른 택배 회사들은 노형진이 세우는 기업처럼 차량을 빌려주는 방법으로 돌아서거나 폐업하는 수 말고는 방법이 없다.

물론 이런 방식을 취하면 차량 대당 수익률 자체는 줄어들겠지만 그래도 전국에 있는 택배 기사의 숫자와 어마어마한 택배의 양을 생각하면 충분히 괜찮은 사업이다.

"더군다나 여기다가 약간의 약관을 더하면 택배 기사들은 모두 우리 쪽으로 몰릴 겁니다."

"어떤 약관?"

노형진은 페이지를 넘겨서 맨 뒤쪽에 있는 지문 하나를 보여 줬다.

"만일 차량을 회사에 기부하는 경우 해당 차량의 지입 금액은 차량 기부자가 가지고 간다. 그런 경우 회사는 차량 관리에 필요한 비용을 요구할 수 있다."

"응? 이게 무슨 말인가?"

"이런 방식의 영업의 가장 큰 문제점은 바로 초기 투자 자본입니다."

다른 택배 회사들이 이 방법을 안 쓰는 이유. 그건 초기 투자 비용이 어마어마하기 때문이다.

물류 센터와 집하장 등을 만들어 내는 데 돈이 들어가는데, 거기에 차량까지 투입한다?

못해도 수천억 이상의 추가 비용이 발생한다.

"하지만 이 조항을 넣으면 택배 기사들이 부담 없이 차량을 회사에 넘길 수 있습니다."

"오!"

택배 기사들은 이미 차량이 있다.

다만 무차별 신고 전략에 일을 못 하고 있다.

"하지만 이 규정대로라면, 차량 가액을 인정받으면 그만큼 돈을 내지 않아도 됩니다."

가령 중고차 가격으로 1,800만 원을 인정받으면 회사에서는 1,800만 원만큼 돈을 받지 않는다.

한 달에 차량 사용료가 100만 원이라고 하면, 1년 6개월은 매달 순수하게 400만 원씩 가지고 갈 수 있다는 거다.

"설사 그사이에 사정이 생겨서 택배 배달을 그만둔다고 해도 최소한 차량값은 확보하게 되는 거죠."

사실 차량은 시간이 지나면 빠르게 감가상각이 이루어진다.

지금 1,800만 원을 인정받아도 시간이 지나면 1년에 300만 원씩 가격이 팍팍 떨어진다.

"하지만 지금 인정받은 가액이 1,800만 원이니까 그들 입장에서는 도리어 남는 거죠."

"그러면 우리 손해가 아닌가?"

"우리 손해가 아닙니다. 사실 우리는 중개만 해 주는 거지 사실상 다음 택배 기사가 사납금을 제공하는 형태니까요."

"음, 그렇군."

어차피 그 사납금을 주는 건 회사가 아니라 다음 택배 기사다. 그러니 회사는 손해가 없다.

"그리고 이런 전략의 핵심은 각 택배 회사의 무력화에 있습니다."

"각 택배 회사의 무력화라?"

"이런 방법이 있고 수익이 확정적인데 기존에 일하던 능숙한 택배 기사들이 어디로 가겠습니까?"

건당 800원과 건당 1,200원.

무려 50%나 수입이 많아지는 회사가 있다면 능숙한 사람들이 어디로 갈지는 뻔하다.

"기존 업체는 새로 사람을 뽑아야 할 겁니다."

새로 사람을 뽑으면 새로 길을 익히는 등 숙련 기간이 필요하다.

더군다나 그들이 지금의 불법 영업 방식을 포기하지 않는다면 계속해서 신고당할 테니 영업을 이어 갈 수가 없다.

　"물론 이쪽도 물류 센터의 사용도 남는 거죠."

　일반적으로 대량 택배의 경우는 2,500원을 받는다.

　회사는 물류비용으로 1,300원을 챙기는 거다.

　그러나 그건 어디까지나 월 배송 백 건 이상의 기업 기준이고, 개인 택배의 경우 한 건당 평균 가격은 최저 4천 원, 물류 회사는 2,800원이 남는다.

　"우리가 손해 볼 일은 없다 이거군."

　유민택은 고개를 끄덕거렸다.

　하지만 그렇다고 해서 마냥 좋다고 할 수는 없다.

　"자네 말대로 해 볼 만해. 수익도 날 만하고. 아마 지금 상황에서 하면 다른 택배 회사들은 타격이 어마어마하겠지. 하지만 그래서 문제야. 아무리 우리가 잘나간다지만 상생이라는 건 기업 간에도 있단 말이지."

　유민택은 걱정스럽게 말했다.

　"택배? 해 볼 만해. 하지만 한국은 이미 택배 회사가 레드오션이라고 말하지 않았나? 지금 들어가기도 애매해. 상당한 시간이 걸릴 테고. 물론 자네 말대로 공격 전략을 짜면 당분간은 저쪽에서 어쩌지 못하겠지. 그러나 정부도 바보는 아니야. 어떤 방법을 써서라도 택배 물류를 안정화시키려고 하겠지. 쉽게 딸 수 있는 택배 면허 같은 걸 도입해서 말이야."

한국에는 무려 다섯 개의 유명 택배사가 있다.

그들이 과연 정부에 로비를 하지 않을까? 그럴 리가 없다.

하지만 노형진도 그 정도 예상은 하고 있었다.

"물론 그럴 겁니다. 저쪽에서 로비하겠지요. 하지만 이쪽이라고 로비를 안 할까요?"

"자네가 로비하려고?"

"아니요. 공격할 겁니다."

"뭐?"

노형진의 말에 유민택은 당황한 얼굴로 그를 쳐다보았다.

"아까도 말씀드렸다시피 검은 머리 외국인은 많습니다. 제게 그런 가면 하나 만드는 건 일도 아니고요."

물론 로비를 하면 많은 것을 얻을 수 있다.

그러나 인간은 불이익을 더 두려워한다.

"로비해서 저들이 어느 정도 법을 바꿀 수는 있습니다. 하지만 정치인들이 과연 그들을 위해 자신의 인생을 조질까요?"

"그래서 검은 머리 외국인이 필요하다는 거군."

순수 한국인이라면 정치인들의 보복이 두려워서 정치인들을 공격하는 짓은 하지 못한다.

하지만 외국인이라면?

아무리 정치인이라고 해도 절대 건드리지 못한다.

설사 어찌어찌 건드린다고 해도 그 뒤에 마이스터와 미다스 그리고 CIA가 버티고 있다면?

"죽고 싶지는 않을 겁니다."

경제적 몰락은 기본이고 온갖 범죄 사실이 드러나면서 남은 인생은 감옥에서 보내게 될 것이다.

"저들이 로비한다면 그걸 같이 엮어 버릴 수도 있고요."

저들의 로비를 막을 필요는 없다.

저들이 로비하는 건 그대로 두고, 법만 만들지 못하게 하거나 저들을 편들어 주지 못하게만 하면 된다.

그렇게 시간이 지나면 택배 회사들은 자연적으로 몰락할 수밖에 없다.

"하긴, 자네 말대로 한다면 3개월 이상 버티는 택배 회사는 일부 대기업 계열사뿐일 거야. 그나마도 적자투성이 짐덩어리가 되겠지."

유민택은 바로 알아들었다는 듯 고개를 끄덕거렸다.

하지만 그렇다고 해서 모든 게 다 이해되는 것은 아니었다.

"하지만 그건 그렇다 쳐도 이렇게까지 일을 키우는 이유는 뭔가? 단순히 돈을 벌기 위해서는 아닌 것 같은데."

그 말에 노형진은 잠깐 말을 멈췄다.

확실히, 그는 단순히 돈을 벌려고 하는 게 아니다.

사실 돈을 벌고자 하면 더 많은 방법이 있고, 그중에 더 편하게 돈을 벌 방법도 많다.

하지만 노형진이 원하는 건 그게 아니었다.

"대한민국 기업들의 방식은 대부분 뻔하지요. 상대방이

이 일 아니면 먹고살 수가 없다는 점을 이용하여 어떻게 해서든 뜯어먹을 생각만 합니다. 그리고 택배 회사들은 그런 방식의 정점에 있다고 봐도 과언이 아닙니다."

그리고 흑자라고 노래를 부른다.

역대 최고 수익을 외치면서 만세를 부르지만, 실상은 노동자들의 피와 절규 그리고 목숨으로 버티고 있는 것이다.

'얼마 후에 바이러스 사태가 터지면 그건 더 심해지고.'

바이러스 사태가 터지고 물류는 두 배씩 증가한다.

하지만 회사는 물류 센터의 인건비를 까고 택배 기사들을 추가하지 않은 채 끊임없이 과로로 몰아붙였다.

그 결과 회사는 역대 최고 수익을 냈지만, 물류 센터는 결국 근무자들이 도망가서 일주일이나 멈추고 수십 명의 택배 기사들이 과로로 사망한다.

하지만 그로 인해 발생한 피해에 대해 택배 회사들은 배상도 하지 않았고, 과로로 사망한 사람들을 조문조차 하지 않았다.

법적으로 그들은 외부 계약자일 뿐이니까.

"현재 물류 시스템은 기본적으로 근무자를 노예로 취급하고 있습니다. 정부에서는 그걸 알면서도 방치하고 있지요."

이유야 뭐 뻔하다. 노동자는 정치인에게 뇌물을 주지 않으니까.

"저는 그걸 고칠 생각입니다."

그 말에 유민택은 고개를 끄덕거렸다.

노형진이 저 정도로 이야기한다면 이미 답은 나온 거다.

끼든 안 끼든 일은 진행될 테니 자신은 거기에 슬쩍 올라타서 이권만 챙기면 된다.

"그래서, 노리는 곳이 있나?"

"라진택배입니다."

"라진?"

"우리도 맨땅에 헤딩할 필요는 없지 않습니까? 스스로 악행세를 하니 우리도 악으로 대해 주면 되는 겁니다."

"하지만 라진이 그렇게 쉽게 무너질까?"

라진은 한국 최초의 택배 회사 중 하나다.

그리고 다른 기업들과 다르게 택배가 주력 사업이다.

지금의 착취형 구조를 만든 것도, 또 그걸 가장 적극적으로 써먹는 것도 라진이다.

노형진은 그 라진을 무너트려 잡아먹을 생각이었다.

"라진은 다른 곳과 다르게 주력이 택배 회사뿐이지요. 다른 게 없는 건 아니지만 그냥 명목상의 계열사일 뿐이니까요. 이미 안쪽에 폭탄을 심어 놨습니다. 라진은 금방 무너질 겁니다, 후후후."

말 그대로 대기업 흉내를 내기 위해 가지고 있는 업체들.

라진택배가 사라지면 그들도 사라진다.

"라진이라……. 확실히 탐이 나는구먼."

노형진의 말에 유민택은 기대에 찬 표정이 되었다.

⚖

"노형진, 노형진……. 마이스터, 그쪽인 걸 알았어야 했습니다."

택배가 멈추면서 대부분의 택배 회사들이 심한 타격을 입고 있었지만 그중에서도 라진택배는 가장 심했다.

다른 계열사 기업들이 있는 곳들은 그곳 소속의 차량을 이용해서 배송하고 있었지만 정작 택배사가 주력인 라진택배는 다른 계열사가 없다시피 해서 그 방법도 쓸 수 없었기 때문이다.

"손해가 기하급수적으로 늘어나고 있습니다."

"집하장에 가 보셨습니까? 썩은 내가 진동해요."

"현장에 일단 신규 택배 물량 접수를 하지 말라고 했습니다만……."

"한국 물류가 완전히 멈췄습니다."

도떼기시장이 따로 없었다.

다들 해결책을 찾기 위해서 난리법석이었지만 도무지 방법이 없었다.

"그 법을 이제 와서 바꿀 수는 없지 않습니까?"

"바꾸려면 못해도 2년은 걸립니다."

허가받지 못한 차량들은 움직이지도 못하는 상황.

게다가 허가받은 차량들은 아주 대놓고 따라다니는 노형진이 보낸 감시자들에 의해 신호 위반 하나, 불법 주정차 하나 하지 못하고 천천히 운행하는 수밖에 없었다.

택배 하나 배달하기 위해 주차할 자리를 찾아 세워 두고 관할 지역에 들어가서 택배를 배달해야 한다.

그나마 주차할 자리라도 찾으면 다행. 그러지 못한 경우에는 돈을 주고 주변에 유료 주차장을 찾아서 주차한 뒤에 배달해야 하는데, 배달은 한 건에 고작 800원인 데 비해 유료 주차장의 기본료는 아무리 못해도 2천 원에서부터 시작한다.

그나마 공영 주차장이라도 있으면 다행이지만 그마저도 흔하지 않았다.

"이건 다 노형진 때문입니다! 이 책임을 노형진에게 물어야 합니다!"

"무슨 수로? 당신이 마이스터랑 싸울 거야? 우리 회사 망하게 할 일 있어?"

"……."

비상사태에 염경진은 머리가 지끈거렸다.

"지부장님, 본사에서는 무슨 말 없습니까?"

"본사에서도 방법이 없는 모양이야. 신고는 합법적인 영역 내에서 이루어지는 거니까."

"그러면 이걸 어떻게 해야 합니까?"

"일단은 직원을 통해 배달해야지."

염경진의 말에 부하 직원은 깜짝 놀랐다.

"네? 직원 말입니까?"

"그러면? 이 지랄 같은 상황에서 다른 해결 방법이 있어?"

택배 기사들이 일을 하지 못하는 상황. 이 상황을 해결할 수 있는 건 결국 직원들뿐이었다.

"당장 전 직원을 다 동원해서 배달 시작해."

⚖️

"아마 그들은 직원들을 이용해서 배달시킬 겁니다."

"설마요."

"설마가 아닙니다. 그들은 그런 방법밖에 몰라요."

지금까지 오로지 착취를 통해 수익을 내던 사람이 갑자기 상생으로 수익을 내라고 하면 할 수 있을까?

애석하게도 그건 불가능하다.

당장 대룡의 유민택만 해도 처음에 노형진이 상생을 기치로 해서 성화와 싸우자고 했을 때 받아들이지 못했다.

하지만 착취가 일반화되어 있는 대한민국에서 상생이 얼마나 강력한 무기가 될 수 있는지 알게 되자 그는 상생을 기치로 회사를 운영했고, 이제 대룡은 대한민국에서 가장 잘나가는 대기업 중 한 곳이 되었다.

"하지만 다른 택배사들은 안 그래요."

어떻게 해서든 직원들을 이용해서 배달하려고 할 것이다.

"그건 기존의 방법과 다를 바가 없지요."

택배 기사가 없으니 직원의 차를 이용해서 배송한다면 여전히 현행 자동차법을 위반하는 것이다.

"하지만 그걸 따라다니면서 신고할 수는 없잖아요?"

물론 불가능한 것은 아니다.

하지만 아무래도 직원들의 숫자가 어마어마하다 보니 그들을 하나하나 따라다니면서 신고하는 것은 불가능했다.

"물론 일부는 가능하겠지만요."

그 일부가 항의할지 모르지만 회사라는 곳이 그들의 사정을 봐줄 리가 없다.

"압니다. 그래서 제가 이미 폭탄을 보내 놨습니다."

"폭탄요? 설마 폭탄으로 뭐 배송하면 터트린다, 그런 거 하시려는 건 아니죠?"

폭탄이라는 말에 민시아는 깜짝 놀라서 물었다.

물론 노형진은 그럴 생각이 없었다.

그러는 순간 자신은 빼도 박도 못하는 테러범이 되니까.

"혹시 민 변호사님, 두리안 좋아하십니까?"

"네? 두리안요? 그건 왜요?"

"저는 별로더라고요. 뭐, 말로는 과일의 황제니 어쩌니 해도 그 퀴퀴한 냄새가 저한테는 진짜 안 맞더라고요."

"음, 한국 사람들은 보통 그렇지요."

"그런데 그 두리안이 썩으면 어떻게 될까요?"

노형진은 씩 웃으며 말했다.

"냄새가 끝내줄 것 같지 않습니까?"

⚖️

"우웨에엑!"

집하장으로 들어간 직원들은 지독한 냄새에 코를 막고 뛰쳐나왔다.

"이거 뭔 냄새야?"

"그, 안에 담겨 있는 음식이나 과일이 썩어서⋯⋯."

"씨발, 장난해? 이걸 우리보고 배송하라고?"

까라고 하면 까야 하는 게 직장인이라지만 이건 도무지 참을 수 있는 수준이 아니었다.

노형진은 택배가 완전히 멈추기 직전 어마어마한 양의 두리안을 택배로 발송했다.

당연히 그 두리안은 안에서 썩어 가면서 지독한 냄새로 주변 다른 택배들을 오염시키고 있었다.

한두 개도 아니고 수천 개의 두리안이 썩어 가는 냄새는 집하장을 소위 말하는 완전히 옛날의 푸세식 화장실로 바꾸기에 충분했다.

"이걸 배송하면 차에 냄새 찔겠는데?"

"이게 배면 냄새가 빠지지도 않아."

"방법이 없잖아?"

"아니, 이건 아니지."

아무리 직원들이 시키는 대로 하는 존재라고 해도 그건 어디까지나 회사 업무의 영역이다.

회사에서 차량을 지원해 주는 것도 아니고 각자 개인 차량으로 배송하라는데, 택배에서 나는 지독한 썩은 냄새는 차에 배어들고 나면 뺄 방법이 없었다.

"난 못 해."

"김 대리, 미쳤어?"

"박 과장님, 이게 할 상황입니까? 박 과장님 애가 돌이지요? 다시는 차에 안 태우실 거예요?"

박 과장은 그 말에 눈을 찡그렸다.

그럴 수밖에 없는 게, 김 대리의 말대로 이걸 한번 나르게 되면 차에 냄새가 배어들 게 뻔한데, 그 냄새를 없애기 위해서는 전문 탈취 세차를 맡겨야 한다.

"이거 탈취 세차하려면 족히 20만 원은 듭니다, 과장님. 그런데 그 짓거리를 매일 하실 거예요? 회사에서 돈 주는 것도 아니잖아요!"

회사에서는 급한 물건인 만큼 직원들에게 직접 배송하라고 하기는 했지만 그렇다고 해서 택배 기사들처럼 별도의 돈을 주는 것도 아니었다.

게다가 기름값을 지원한다는 이야기도 없었다.

몇몇 직원들이 소비되는 기름값은 어쩌냐고 물어봤을 때 상부에 건의해 본다는 게 마지막으로 들은 말이었다.

"아, 씹."

박 과장은 저절로 욕이 나왔다.

'승진해야 하는데.'

승진해서 임원이 되고 최종적으로는 사장이 되는 것이 박 과장의 가장 간절한 소망이었다.

하지만 그건 어디까지나 가족들이 잘 먹고 잘사는 것을 위해서다.

'이런 식이면 그게 무슨 의미가 있어?'

일을 해서 버는 월급보다 탈취 비용과 기름값이 더 나가게 생겼다.

더군다나 그도 지금 불법 배송으로 신고가 들어가고 있다는 걸 안다.

자신이 걸리면 그 벌금을 내줄 사람이 없다.

수십만 원씩 날아오는 딱지도 마찬가지.

'야, 이 씨발. 어쩌지?'

배달을 하자니 손해가 막심하고, 안 하자니 승진길이 막힌다.

부장급은 온갖 핑계를 대면서 빠져나가고 있으니 자신은 어쩔 수 없이 해야 하는 상황.

그런데 그런 박 과장에게 생각하지 못한 곳에서 동아줄이 내려왔다.

"박 과장님, 그런데 여기로 오는데요, 이상한 사람들이 있던데요."

"응? 이상한 사람?"

"여러 명이 몰려 있는데 하나같이 카메라를 들고 있더라고요."

"카메라!"

그 말에 박 과장은 정신이 번쩍 들었다.

그는 능력 없는 사람이 아니었다.

도리어 능력 하나로 사장까지 노리는 사람이었다.

'하긴, 집하장은 뻔하니까.'

배달에 어마어마한 숫자의 직원들을 동원했으니 이전과 같은 감시는 불가능하다.

그렇다면 어떻게 해야 할까?

바로 집하장 입구에 죽치고 앉아서 차들을 기다리는 거다.

그중에서 한 대를 따라가도 되고, 나오는 차량을 찍어도 된다.

'사실 그게 중요한 건 아니지.'

사실 중요한 건 그게 아니다.

진짜 중요한 건 자신에게 핑계가 생겼다는 거다.

집하장은 필연적으로 땅값이 싼 외곽에 생길 수밖에 없다.

그리고 그 말은 길이 하나뿐이라는 소리다.

이것이 인생이다

그러니 여기서 나가면 어쩔 수 없이 찍힌다.

"그 사람들 좀 보고 오자."

"네?"

"보고 오자고."

박 과장은 그들이 있는 곳으로 향했다.

그리고 대놓고 뭉쳐서 멀찌감치 있는 그들을 사진으로 몇 장 찍었다.

"돌아가자."

"하지만 박 과장님, 그러면 우리는 어떻게 합니까, 일 못 하면?"

"야, 너 진짜로 이걸 배송하려고? 주소는 아냐?"

알 리가 없다. 택배 기사들처럼 가는 순서대로 쌓아 두는 스킬 같은 것도 없다.

그냥 주면 닥치는 대로 싣고 가서 마구 배달하고 와야 한다.

"이걸로 못 한다고, 배 째라고 해야지."

"하지만 회사에서 뭐라고 하지 않을까요?"

"그 전에 일을 키워야지."

박 과장은 돌아오자마자 그 사진을 다른 사람들에게 보여 주면서 슬슬 바람을 잡았다.

"이건 그냥 둘 수가 없어."

"맞습니다. 이래서는 우리가 일을 못 하지요."

아니나 다를까, 사람들은 사진을 보자마자 발끈하면서 들고일어났다.

"이래서는 일을 할 수가 없죠."

"벌금 나오면 회사에서 내줄 겁니까?"

"저 면허취소 되면 출근도 못 해요."

한두 명이 아니고 그렇게 수백 명이 들고일어나자 회사 입장에서는 그냥 둘 수가 없었다.

"야! 경비들 모아!"

"네?"

"경비원들 모아 가서 그 새끼들을 쫓아내!"

"하지만 거기는 도로입니다. 사유지가 아니에요."

아무리 집하장 앞이라지만 도로는 국가 땅이지 개인의 땅이 아니다.

그래서 개인이 거기에서 있다고 해도 쫓아내는 것은 불가능했다.

하지만 회사가 언제 그런 걸 신경을 썼던가?

"야, 무조건 쫓아내. 두들겨 패서라도 쫓아내!"

당연히 회사의 직원은 언성을 높였고, 결국 일부 사람들이 경비원을 데리고 사람들이 모여 있는 곳으로 향했다.

"당신들 뭐야?"

"네?"

"당신들 뭐냐고!"

"아니, 저기 택배 기사 모집한대서 지원하려고 왔는데요."

"그러면 안으로 들어오든가. 지금 여기서 모여서 뭐 하는 짓거리야?"

"다른 일행이 오면 같이 들어가기로……."

"지랄."

너무나 빤한 거짓말에 경비원은 눈을 찡그렸다.

"야, 저 새끼들 쫓아내."

"네, 팀장님."

"지금 뭐 하는 겁니까!"

"당신들 뭐야!"

모여 있던 남자들은 다급하게 저항하려고 했지만 경비원의 숫자가 훨씬 더 많았다.

"어억!"

"이놈들이 사람 팬다!"

"어디 버러지 같은 새끼들이 일하러 기어들어 와! 너희 같은 새끼들 필요 없어! 알았어?"

경비원들은 화가 머리끝까지 나서 남자들을 두들겨 패면서 쫓아 보냈다.

하지만 그들은 몰랐다.

좀 떨어진 곳에서 자신들을 바라보고 있는 사람이 있다는 사실을 말이다.

기업의 갑질, 언제까지 계속될 것인가

택배 회사들, 택배 기사들 집단 구타

택배 노동자들, 회사 측의 구타 하루 이틀 문제 아냐

"돌겠네."

택배 회사의 대표들은 머리가 지끈거렸다.

입구에 모여 있던 사람들은 진짜로 택배 기사들이었다.

그것도 영업 번호판을 가진.

물론 노형진이 보낸 사람들이었다.

그런 사람들을 경비원들이 두들겨 패는 장면이 기자에 의해 그대로 드러나는 바람에 사람들은 분노하고 있었다.

불편함이 짜증으로, 짜증이 분노로 넘어가고 있는데 그 원인이 택배 회사에 있다?

당연히 그들에 대한 성토가 하늘을 찔렀다.

"새론에서 광고하는 거 보셨습니까?"

"이 새끼들이 작심한 것 같습니다."

그것도 머리가 아파 죽겠는데 새론에서는 택배 회사에 피해를 입은 사업주 또는 피해자를 모아서 집단소송을 하겠다고 신문에 광고하고 있었다.

이미 그 사업주들이 집단소송 중인 상황에서 이건 엄청나

이것이 법이다

게 치명적이었다.

그리고 노형진은 택배 회사 시스템의 약점을 정확히 알고 있었다.

"노형진이 계좌 압류를 통해 지급 계좌를 묶었습니다."

부하의 보고에 염경진은 이제는 진이 빠져 버렸다.

"계좌를 묶었다고? 장난해? 그건 풀면 되는 거 아냐?"

"그걸 풀려면 아무리 빨라도 사흘에서 닷새는 걸립니다."

임시로 압류하는 경우 그 계좌를 바로 풀 수는 없다.

자신들이 패소한 경우에 채권을 배상할 능력이 있다는 걸 증명해야 하니까.

물론 택배 회사가 그 정도 채권이 없는 건 아닌 만큼 어렵지 않게 풀 수 있다.

법원에서는 신청만 하면 거의 풀어 주기는 할 것이다.

"하지만 그동안은 돈을 지급하지 못합니다. 물류 센터가 멈출 겁니다."

물류 센터. 그곳은 대부분은 일당직으로 돌아간다.

어쩔 수가 없는 게, 업무 강도가 어마어마하기 때문이다.

10년 이상 특전사 노릇을 한 사람들조차도 혀를 내두르면서 도망갈 정도로 업무량이 많고 끊임없이 택배가 들어온다.

정규직을 쓰자니 당연히 그 월급이 어마어마하게 비싸질 수밖에 없다.

더군다나 체력이 다해서 쓰러지는 경우 적지 않은 치료비가 들어간다.

대부분 비정규직으로 땜빵을 해서 그렇지, 여름에 그곳에서 쓰러지는 사람의 숫자는 어마어마하다.

에어컨도 없이 더위와 싸우면서 끊임없이 몰려드는 택배를 날라야 하기 때문이다.

당연히 그런 곳에 정규직, 하다못해 계약직을 배정해 버리면 그들이 쓰러지는 건 산업재해로 분류되며 그건 회사에 치명적인 타격이 된다.

그래서 다 일당직을 쓴다.

그런데 문제는, 계좌가 묶이면 돈을 못 준다는 거다.

돈을 못 주는데 일당직들이 과연 일을 계속할까?

일당직에게 회사에 대한 애정이나 충성심 같은 걸 기대할 수 있을까?

그렇다고 물류를 멈출 수는 없다.

"일단 아무런 말도 하지 말고 써."

"네?"

"아무 말도 하지 말고 쓰라고. 나중에 한꺼번에 몰아주면 돼."

염경진의 말에 부하는 불안한 듯 우물쭈물했다.

그동안 염경진이 일당직이나 택배 기사를 무시하는 건 알고 있었다.

하지만 지금 같은 상황에서 그건 결코 좋은 선택지가 아니었다.

"지부장님, 그랬다가 들고일어나면 우리가 진짜 곤란해집니다."

"그러면 어쩌자고? 물류를 멈출 거야? 일할 사람이 없어? 없으면 중국 사람이라도 쓰면 될 거 아니야. 어차피 이 바닥에 넘치는 게 사람이야."

과거에 고기 분쇄기에 사람이 빨려 들어갔어도 그걸로 통조림을 만들었다는 소문처럼, 여기는 사람이 죽어도 누구도 신경 쓰지 않는다.

사람이 쓰러져 죽으면 그를 옆으로 끌어내고 계속 물류를 날라야 한다.

마치 영원히 바위를 밀어 올리는 시시포스의 형벌처럼, 끝도 없는 택배 차량은 사람의 죽음을 애도할 시간마저도 빼앗았다.

"나중에 풀리면 한 번에 준다고 해."

염경진은 대수롭지 않게 생각했다. 사람은 많고 빈자리는 언제든 메꿀 수 있을 거라 생각했으니까.

하지만 노형진의 생각은 달랐다.

⚖️

"아시겠지만 택배 회사에서 일당은 못 준다고 해도 일단 물류를 완전히 포기하지는 않을 겁니다."

물류 센터 앞 길가에 커다란 버스 세 대가 서 있었다.

아무도 없는 버스 안.

그 안에서 노형진과 민시아는 의자를 뒤로 젖히고 누운 채 수다를 떨고 있었다.

"물류 센터를 아예 포기하지는 않네요."

"절대 포기 못 하지요. 공장이 멈추면 기업은 망하는 겁니다. 물류 센터는 택배 회사의 공장인 거고요. 아무리 손해가 발생하고 힘들어도, 돌려야 합니다."

느리기는 하지만 그래도 합법적인 택배 차량이 있는 이상 그들이 포기할 리가 없다.

"하지만 임금을 안 주면서 얼마나 버티겠다는 건지……."

"아마 나중에 주겠다고 핑계를 댈 겁니다. 물론 택배를 분류하는 사람들은 나가지 않겠지요."

"하지만 아르바이트생들이 넘치지 않을까요?"

민시아는 고개를 갸웃하면서 물었다.

실제로 택배 물류 센터는 고수익 알바이기 때문에 아르바이트를 하겠다는 사람들이 많다.

"많지요. 사실 남자들은 대부분 제대하고 아르바이트를 한 번은 합니다."

그중 가장 보편적인 아르바이트는 바로 노가다와 이 택배 아르바이트다. 가장 쉽게 자리를 구할 수 있고 또 언제나 자리가 있으니까.

"그래서 저들은 언제나 사람을 구할 수 있다고 생각하지요. 하지만 그건 잘못된 생각입니다."

"어째서요?"

"일에는 숙련 기간이라는 게 필요하거든요."

10년을 노가다를 한 사람도 도망간다고 하는 택배 아르바이트다.

하지만 10년간 택배 회사에서 물류를 하는 사람도 있다.

과연 그 사람이 노가다를 10년 한 사람보다 훨씬 더 체력이 빵빵하고 힘이 좋을까?

아니다. 그들은 어떻게 체력을 관리하면서 일하는지를 아는 거다.

"이런 노가다는 아무나 할 수 있지요. 하지만 그들이 처음부터 숙련공인 것은 아닙니다."

특전사에게 택배 일을 시키면 아마 도망갈 거다.

반대로 택배 물류 일을 하는 사람을 특전사에 데려다 둬도 도망갈 거다.

각자의 일이라는 게 있고 숙련도라는 게 있는 법.

"그리고 현재 들어간 사람들은 대부분 미숙련된 아르바이트생들입니다."

계좌를 묶어 버리는 건 어렵지 않다.

그들이 다시 풀었지만, 노형진은 다른 소송을 이용해서 또 묶어 버렸다.

물론 다른 변호사가 그런 신청을 한다면 기각될 가능성이 크다.

"하지만 판사들이 제 눈치를 보는 건 사실이니까요."

공명정대? 그딴 건 없다.

누가 자신에게 더 불이익을 줄 수 있느냐가 관건이고 노형진이 거기서 이겼을 뿐이다.

"어찌 되었건 그렇게 미숙련자들이 들어가면 나올 방법이 없습니다."

노형진이 노리는 약점. 그건 다름 아닌 그 미숙련자들.

"이곳은 대중교통이 없거든요."

새벽과 밤에 운행하는 통근 차량을 타고 출퇴근한다.

이곳에는 충분한 주차장이 없기 때문에 대부분의 근무자들은 차량을 가지고 오지 않는다.

"이러한 물류 센터에 차량을 가지고 오는 사람들은 죄다 물류 센터를 운영하는 회사 직원이지요."

그리고 그렇게 출근한 사람들은 일하다가 퇴근 시간이 되면 퇴근한다.

"사실 여기에는 다른 이면이 있지요."

"다른 이면이 뭔데요?"

"도주를 막는 겁니다."

일이 워낙 힘들다 보니 중간에 도망가는 사람들이 상당히 많다.

그런데 중간에 도망가려면 방법은 하나뿐이다.

걸어가든가, 아니면 지나가는 차를 잡아타든가.

물류 센터는 대부분 대중교통이 없는 곳에 위치하거나 좀 먼 곳에 있으니까.

그래서 일이 힘들어도 아르바이트생은 일단 그날은 끝내고 다음 날부터 나오지 않는 경우가 대부분이다.

"하지만 도주로가 생기면 이야기는 달라지요."

그 순간 저 멀리에서 시끄러운 소리가 들리기 시작했다.

"학생! 학생! 조금만 더 참으면……!"

"뭘 참아요? 아, 몰라. 배 째."

"이런 건 줄 알았다면 안 왔죠!"

우르르 나오는 사람들.

그들은 다름 아닌 일당직으로 아르바이트를 하러 온 사람들이었다.

"딱 시간이네요."

그렇잖아도 지금 저곳의 상황은 평소보다 열악하기 그지없다.

그런데 미숙련자가 간다? 그러면 답 안 나오는 거다.

당연히 개판 나고 큰소리가 난다.

'거기 놈들은 자기들이 갑인 줄 알고 큰소리치지만.'

사실 학생 같은 경우는 그렇게 절박한 상황이 아니다.

정규직으로 취업한 것도 아니고 단순히 아르바이트하러 온 것뿐인데 사람 취급도 못 받고 일은 힘드니, 소위 말하는 추노를 하는 것이다.

물론 평소에는 그런 추노를 할 수가 없다.

왜냐, 갈 방법이 없으니까.

"하지만 오늘은 다르지요."

노형진은 씩 웃으면서 자리에서 일어나 차에서 내렸다.

"여기서 나가실 분들은 이 버스에 타시면 됩니다."

노형진은 물류 센터에 아르바이트하러 가는 사람들에게 미리 이동용 버스가 밖에 대기하고 있다고 이야기했다.

그런데 사람들이 굳이 욕을 참아 가면서 익숙하지 않은 일을 할 리가 없다.

"어디로 가요?"

"일단 지하철역에 갔다가 버스 터미널 쪽으로 갑니다."

그 말은 거기에서 환승해서 집으로 가는 게 어렵지 않다는 뜻이다.

"공짜입니다."

노형진의 마지막 말에 뒤도 안 돌아보고 버스에 타 버리는 사람들.

당황한 직원들은 그들을 붙잡으려고 했다.

"잠깐, 학생! 학생!"

"그 손 놓으세요! 강제로 잡고 있으면 그건 감금입니다!"

그 말에 잡으려고 하던 직원은 아차 하면서 손을 놨고, 아르바이트를 하던 학생은 짜증스러운 표정으로 그를 위아래로 보고는 툭 말을 던졌다.

"내가 이딴 데 다시는 오나 봐라."

그렇게 작업 도중에 물류 센터에서 뛰쳐나온 아르바이트생들은 줄줄이 버스에 올라탔다.

한두 사람도 아니고 수많은 사람들이 물류 센터에서 나와 버스에 타자 직원들은 망연자실해졌다.

그렇게 버스는 그들을 태우고 떠나갔다.

하지만 여전히 두 대의 버스가 물류 센터에서 나오는 사람들을 기다리고 있었다.

"아니, 이럴 거라면 차라리 아침에 출근하려 할 때 하지 말라고 설득하는 게 낫지 않아요?"

민시아는 그 장면을 보면서 이해가 가지 않는다는 듯 물었다.

"그건 업무방해에 들어갑니다."

아침에 가지 말라고 했다가 저들이 업무방해로 엮으면 골치가 아프다.

더군다나 아직 여기 일을 해 보지도 않은 사람들이기에 노형진의 말을 들어줄 가능성도 높지 않다.

"하지만 지금은 아니죠."

저들이 먼저 일을 때려치우고 나왔으니 노형진은 저들이 이동할 수 있는 수단을 제공할 뿐이었다.

"이건 불법이 아니지요. 그리고 시간 문제도 있고요."

"시간이라고 하면?"

"최악의 경우 노가다 시장이 있지 않습니까?"

"아하!"

아르바이트를 못 구하면 새벽에는 최악의 경우 노가다 시장으로 가서 사람들을 구할 수 있다.

노가다 시장은 택배 물류보다 늦게 열리는 데다가, 그래도 공치는 것보다는 일하는 게 낫다고 생각하는 사람들이 많으니까.

"하지만 지금은, 시간을 보세요."

이미 노가다 시장은 끝났으니 추가적인 인원을 구할 방법은 없다.

남은 사람들의 업무는 더더욱 가중될 테고.

"오늘 하루는 날아간 셈이지요."

사람들이 줄줄이 계속 나오는 물류 센터를 보면서 노형진은 중얼거렸다.

"이제 슬슬 핵폭탄이 터질 시간이네요."

⚖

그 시각, 라진택배에는 날벼락이 떨어졌다.

대룡의 적대적 인수 합병 발표.

이것이 법이다

그로 인해 본사의 회의에 갔다가 돌아온 염경진은 심장이 벌렁거렸다.

회사는 난리가 났는데 해결책은 보이지 않았으니까.

서로 언성만 높이다 결국 그냥 맨손으로 돌아올 수밖에 없었다.

"노형진 이 개새끼! 어쩐지 우리를 물어뜯는다 했어!"

의자에 몸을 던지다시피 털썩 주저앉는 염경진.

얼마나 힘이 빠졌는지 말하기도 힘들 지경이었다.

노형진, 아니 마이스터와 대룡이 손잡고 새로운 택배 회사를 만들겠다는 계획.

그게 알음알음 소문나는 것은 금방이었다.

애초에 대룡도 그걸 감추려 하지 않고 준비하기 위한 테스크 포스를 만들고, 여러 곳을 알아보고 있었으니까.

문제는 그 테스크 포스의 방향성이다.

그들은 명백하게 라진택배를 노리고 있었다.

그렇잖아도 라진택배는 이번 사태로 주가가 폭락하고 있었다.

적대적 인수 합병 계획이 발표되자 일부 반등하기는 했지만 여전히 라진택배 시스템 자체가 멈춰 있다는 점 때문에 다시 추락하기 시작했다.

"그렇겠지. 대룡 입장에서는 돈을 들일 필요가 없잖아!"

현실적으로 지금 상황에서 라진택배가 버틸 수 있는 시간에는 한계가 있다.

택배 산업은 현금이 들어오기 때문에 수익은 제법 짭짤하지만, 동시에 물류가 떨어지면 돈이 들어올 구멍이 없기 때문에 그 손해가 어마어마해진다.

일이 터지고서 단 여드레가 지났을 뿐이지만 현재까지 대한민국의 택배 시스템은 완전히 멈추어 버린 상황이었다.

특히 라진은 치명타라고 표현해도 과언이 아니었다.

그나마 개인 허가를 받은 차량을 이용해서 배달하고 싶어도, 물류 센터 자체가 멈춰 버렸다.

"이렇게 얼마나 버티겠나? 1개월? 2개월?"

아무리 서두른다고 해도 갑자기 택배 기사의 허가를 확 늘릴 수는 없다.

일단 정부에서 수량을 풀어 준다고 해도 그 허가 조건 자체가 엄청나게 까다롭기 때문이다.

가장 대표적으로 문제가 되는 게 바로 3년간 무사고 기록을 가지고 있어야 한다는 것.

하지만 개인이 3년간 무사고 기록을 가지고 있는 것도 절대 쉽지 않다.

단순 접촉 사고도 안 된다.

하물며 출퇴근할 때만 잠깐 쓰거나 주말에만 잠깐 쓰는 사람도 3년 무사고 기록을 가지고 있기가 힘든데, 하루 종일 택배 배달 운전을 하는 사람들 중에 무사고 기록을 가지고 있는 사람이 얼마나 될까?

그렇다고 해서 무사고 기록을 가진 사람들이 갑자기 멀쩡하게 다니던 회사를 때려치우고 택배업으로 전업할 리도 없다.

그들이 면허를 따서 판다? 그것도 가능하다.

사실 그런 번호판을 파는 건 불법이 아니다.

그러나 문제는, 그러한 면허는 얻고 나서 최소 6개월간 판매가 금지된다는 것이다.

6개월간 택배가 완전히 멈춰 버린다면?

그러면 과연 살아남는 택배사는 얼마나 될까?

당연히 망해 버린 택배사들의 집하장과 물류 센터를 사는 게 새로 만드는 것보다 훨씬 싸다.

그사이에 법이 바뀔 가능성은 없다.

아무리 번갯불에 콩 구워 먹는다고 해도 말이다.

"하지만 지부장님, 그건 대룡도 마찬가지 아닙니까? 어차피 그놈들도 그 법에 따라 운행 못 하잖아요? 물론 6개월간 망하게 우리를 공격할 수는 있겠지만, 그렇게 당하고 나면 다른 데서 그냥 두고 보겠습니까?"

"그래, 우리랑 똑같이 영업하면 그렇겠지."

"네?"

"이 개새끼들, 지입 안 쓴단다."

"지입을 안 쓴다고요? 그러면 이익이 얼마 안 남을 텐데요."

"안 남겠냐? 다른 택배 회사들 다 뒈질 텐데?"

"아!"

지입, 즉 개인영업 차량들을 이용해서 배송하는 것은 불법이다.

하지만 기업에서 아예 차량을 가지고 배정하는 건 합법이다.

개인 영업면허는 따기 힘들지만 회사에서 영업용으로 차량을 구입하는 것에 대해서는 금지 조항이 없다.

"하지만 그러면……."

"그래, 오질나게 돈 들겠지."

그걸 다른 택배 회사들이 몰라서 안 하는 게 아니다.

다만 그러기 위해서는 초기에 드는 투자금이 엄청나게 늘어나는 데다가, 그로 인해 자연스럽게 수익이 줄어들기 때문이다.

그래서 그동안 지독한 착취를 기반으로 택배가 운영되었다.

하지만 새로운 시스템의 도입은 기존 택배 회사들의 몰락을 야기할 수밖에 없다.

염경진은 머리를 부여잡았다.

가장 큰 문제는 저렇게 바뀌면 자신이 챙겨 먹을 게 없다는 거다. 지금은 지입으로 받아 주는 조건으로 택배 기사들에게서 적지 않은 돈을 갈취하고 있었으니까.

그 모든 게 틀어지고 있다는 걸 그는 알지 못했다.

감정은 돈으로 환산할 수 없다

"유 회장님, 이건 너무한 거 아닙니까?"

라진택배의 박거신 회장은 상대방이 자신의 기업보다 큰 곳의 회장이고 나이가 더 많은 어른이라고 해서 예의를 지킬 상황이 아니었다.

다짜고짜 대룡에 찾아온 그는 유민택을 보고 언성을 높였다.

그런 박거신을 본 유민택은 그를 어떻게 해야 하나 하고 고민하는 다른 직원들을 손짓해서 내보냈다.

그리고 박거신에게 차갑게 말했다.

"어허, 박 사장. 이게 무슨 짓인가?"

"박 사장요? 저 회장입니다."

"한국에 회장이 너무 많다고 생각하지 않나? 고작 택배 회사 하나 쥐고 회장이라고 목에 힘주면 쓰나. 그런 식으로 보면 거기 명동의 라이온스클럽 회장도 우리와 같은 회장이야."

박거신은 유민택의 말에 이를 뿌드득 갈았다.

'작심했구나.'

자신을 이렇게 깔아뭉갠다는 것은 결국 타협할 의사가 없다는 거다.

"그동안 상생, 상생 하더니 이게 상생입니까?"

"상생은 자네하고만 해야 하는 게 아니지. 나는 택배 기사들과 상생하려는 거라네."

"그런 놈들과 저를 어떻게 비교해요!"

"그런 분들이 내게는 돈줄이니까."

유민택은 느긋하게 말했다.

어차피 박거신 회장과 사이가 틀어지는 것은 예상한 일이었다.

"아니, 그래도 너무한 거 아닙니까?"

"너무하다니? 내가 신사업을 시작하겠다는데 뭐가 너무하다는 건가?"

"대룡은 잘 성장하고 있지 않습니까? 그런데 왜!"

박거신은 억울한 듯 말했다.

하지만 유민택은 이미 라진택배에 관해 너무나 잘 알고 있었다.

사실 노형진이 적대적으로 나간다고 해서 무조건 적대적

으로 싸울 일은 아니었다.

하지만 라진택배의 내부를 파고들자 그 안이 이루 말할 수 없이 썩은 것을 알게 되었다.

손실은 대부분 택배 기사가 책임지도록 하고, 수익은 모두 회사가 가지고 가는 구조.

'물류비를 따로 받는 건 정말 너무했지.'

더 웃긴 건 라진택배가 물류비를 택배 기사들에게서 따로 받고 있었다는 거다.

건당 배달비 800원. 그런데 거기에서 100원을 물류비로 따로 징수하고 있었다.

애초에 기업 택배도 2,500원이고 그중 1,700원이 물류비로 나간다.

그럼에도 불구하고 이중으로 물류비를 받아 내는 거다.

더군다나 택배 기사들을 물류 센터의 노동력으로 쓰기까지 했다.

택배 기사들은 택배를 배당받으면 자기 택배 차량 안에 택배를 넣어야 한다.

만일 혼자서 못 넣으면 다른 사람이 같이 넣어 주는데, 거기서 또 건당 100원을 빼앗아 간다.

공식적으로는 800원이지만 현실적으로는 고작 600원인 셈이다.

그런 식으로 수익을 올리는 걸 안 유민택은 그들을 잡아먹기로 결심했다.

잡아먹어도 누구도 저항하지 않을 정도로 그들의 패악질이 심했으니까.

"체력은 강할수록 좋은 게 아니겠나? 기업이 안주하는 순간 도태되는 건 순식간이라는 걸 알 텐데?"

당연한 말에 박거신은 분노했지만 틀린 말은 아니었다.

실제로 그도 택배 회사에서 나오는 돈으로 작은 기업들을 잡아먹으며 사세를 늘려서 그룹이라는 이름을 얻지 않았던가?

같잖은 회장 타령을 하기 위해 말이다.

"다른 시장도 있지 않습니까?"

"그 시장에 있는 사람들도 다른 시장이 있다고 말하겠지."

"이건 시장 질서를 교란하는 행위입니다."

"시장 질서? 나는 법을 지키려고 하는 거네만. 나는 내 평소의 신념대로 상생하면서 사람들과 어울려 살려고 하는 거네."

시큰둥하게 말하는 유민택.

그런 유민택의 행동에 박거신은 확신할 수밖에 없었다.

"유 회장님, 저희랑 전쟁하시려는 겁니까?"

"우린 이미 전쟁 중 아니었나? 그렇게 감을 잃어서 어찌 기업을 운영하겠는가?"

혀를 끌끌 차는 유민택의 말에 박거신은 이를 뿌드득 갈았다.

"후회하실 겁니다. 제가 그렇게 쉽게 당하지는 않을 겁니다."

유민택은 애써 부정하는 박거신에게 미소를 지었다.

"뉴스를 보면 그런 말이 나오지 않을 텐데?"

"뉴스요?"

"오면서 뉴스도 확인하지 않았나 보군."

유민택은 혀를 끌끌 차면서 스마트폰으로 뉴스 하나를 찾아 그에게 건넸다.

뉴스를 본 박 회장은 얼굴이 사색이 되었다.

"이미 자네와 마이스터와의 싸움은 시작된 상황이네. 나와는 상관없이 말이야."

박거신은 자신도 모르게 휘청거렸다.

대한민국 모 택배 기업, 집단 취업 사기

"자네가 지금 할 수 있는 건 하나뿐이네. 버티면서 가치가 하락하는 주식을 보며 절망하든가, 아니면 지금이라도 남은 주식 다 털고 회사를 우리한테 넘기든가."

박거신은 전쟁을 이제야 시작했다고 생각했지만 사실 이미 끝나 있었다.

며칠 전. 노형진은 일을 하지 못하고 있는 사람들을 만나서 설득 작업에 들어갔다.

"취업 사기요?"

"네. 솔직히 말씀하세요. 돈 주셨지요?"

노형진은 택배 기사들을 상대로 설득 작업을 하고 있었다.

그 말에 택배 기사들은 서로 눈치를 봤다. 말은 하고 싶은데 못 하는 그런 눈빛이었다.

"이런 경우는 여러분이 피해자입니다. 어차피 지금 상황에서 생계가 곤란한 건 사실이지 않습니까?"

"그건 그런데……."

지입으로 들어가고 싶어 하는 사람들은 엄청나게 많고 자리는 한정적이다.

그러니 택배 회사들이 착취할 수 있는 거다.

'내가 빤하게 알지.'

사실 택배 관련 취업 사기는 엄청나게 흔한 편이다.

다만 피해자들이 신고도 제대로 못 하고, 설사 신고해도 대기업이다 보니 대충 처리하는 경우가 많아서 그렇지.

지입으로 받아 준다고 해서 새로 트럭을 사고 싹 개조해서 들어갔는데 채 1년도 안 되어서 잘라 버리는 경우도 있다.

여기서 더 웃긴 건, 그렇게 자르면서 이제는 애물단지가 되어 버린 택배 차량을 새로 들어오는 사람에게 강제로 팔도록 하는 경우가 제법 많다는 거다.

일단 회사에서 잘리는 순간 택배 차량은 쓸 수가 없으니 택배 기사는 울며 겨자 먹기로 파는 수밖에 없다.

"그런 걸 보통 취업 사기라고 하지요. 혹시 여기 계신 분들 중에 영업허가에 대해 안내받은 분 있으십니까?"

그 말에 다들 고개를 흔들었다.

취업 사기를 치는 놈이 과연 영업 관련해서 차량 허가가 필요하다는 이야기를 했을까?

'그랬을 리가 없지.'

물론 취업 사기라고 하기는 애매하다. 실제로 영업한 것은 사실이니까.

하지만 중요한 건, 현재는 그 영업이 불가능하다는 거다.

시스템은 멈췄고 당연히 일도 없다.

사실 사기라는 부분도 애매하기는 하다.

사기가 성립되려면 애초에 일을 시킬 의사가 없어야 하니까.

하지만 이들은 이미 일을 했으니, 엄밀하게 말하면 취업 사기라고 볼 수는 없다.

'엄밀하게 말하면 업무상배임 정도 되겠지만.'

중요한 건 그게 아니라 택배 회사들이 이들을 받아들일 때 돈을 받았다는 거다.

"여러분, 어차피 생활비는 필요하지 않습니까?"

"설마 그 돈을 돌려받으라는 건가요?"

"네."

노형진은 고개를 끄덕거렸다.

"하지만 회사와……."

"설마 회사에서 그 돈을 받았다고 생각하시는 건 아니죠?"

"아!"

당연히 회사는 그런 걸 모른다.

설사 안다고 해도 전혀 관련이 없다.

그 돈을 챙긴 건 각 지부장들일 수밖에 없다.

"그걸 엮어서 고발하면, 아무리 회사라고 해도 그들을 보호할 수 없습니다."

한두 건이라면 모를까, 최소 수십 건의 고소와 고발이 들어가면 회사는 그냥 넘어갈 수가 없다.

"더군다나 고소 대리인이 저라면 더더욱 그렇고요."

"노 변호사님요?"

"지금 저쪽은 어떻게 해서든 저를 떼어 놔야 하니까요."

그렇잖아도 노형진의 방법은 대충 알려져 있다.

문제는 그걸 막을 방법이 없어서 대응 못 하는 거다.

"이 경우 막을 방법은 하나뿐이죠."

바로 칼같이 지부장을 쳐 내는 것.

당연히 그들을 쳐 낸 후에 이들에게 보복하려고 할까?

'미안하지만 그건 불가능하지.'

택배 기사들이 그렇게 당하고 있는 게 연일 신문에 나가고 있다.

더군다나 마이스터와 대룡이 새로 택배 업계에 뛰어든다는 소문이 계속 돌고 있다.

'기업이 하나 휘청거리면 그 자리를 차지하기 위해 상어들이 몰려든다.'

그리고 그 상어들, 즉 택배 회사들은 새로운 택배 기사들이 필요하다.

다른 상황이라면 모르지만 지금의 택배 회사들은 절대 보복하지 못한다.

'나중에는 절대 보복을 못 하게 될 테고 말이지.'

노형진의 계획에 택배 기사들은 흔들릴 수밖에 없었다.

사실 택배 일을 하지 못하게 된 상황에서 그들도 먹고살 방법이 막막했다.

그나마 그리 오래된 일은 아니라 아직은 버틸 만하지만 시간이 지날수록 이들은 버티기 힘들어진다.

'뭐, 지금으로서는 방법이 없지.'

물론 이들이 노형진이 그 무차별 신고의 주체라는 걸 안다면 노형진과 손을 잡기는커녕 얼굴도 마주 보지 않으려 하겠지만 지금은 그걸 모른다.

회사 쪽에서도 그걸 떠들 수는 없다. 증거도 없이 그런 소리를 했다가는 노형진에게 영혼까지 털릴 테니까.

그러니 노형진은 이들을 도와준다는 이미지로 접근할 수가 있는 것이다.

"그러면 우리가 소송하면 그걸 받아 낼 수 있습니까?"

"당연하지요."

설사 사기가 안 된다고 해도 그건 분명 부당이득이다.

즉, 민사로 부당이득 반환 청구 소송을 하게 되면 그걸 받아 처먹은 놈들은 돌려주지 않을 수가 없다.

"그리고 저는 그걸 믿고 도와드릴 겁니다."

"도와주신다고요?"

"제가 그걸 받으시면 변제하는 조건으로 대출을 해 드리지요. 아, 물론 차량도 담보로 제공하셔야 할 겁니다만."

"그러면……."

"대신 무이자입니다."

"네?"

"무이자로 빌려드리겠습니다."

그 말에 다들 눈빛이 흔들렸다.

지금이야 버틴다지만 이 무차별 신고와 영업정지 상황이 언제까지 지속될지 모른다.

만약 장기화된다면 생계 자체가 힘들어진다.

"그 돈이면 못해도 3개월은 버티실 수 있을 겁니다. 뭐, 이 망할 상황이 3개월이나 갈 리는 없지 않습니까?"

"하긴, 그건 그래요."

"정부에서 무슨 대책을 세우기는 하겠지요."

대한민국 택배 물류가 완전히 멈춰 버린 상황.

그 불만은 점점 심해지고 있고, 정부에서는 이 상황을 해결하기 위해 머리를 쥐어짜고 있다.

그나마 나온 방법이 임시 영업면허지만, 법률상의 근거 조항이 없어서 그마저도 적용하지 못하고 있다.

하지만 택배 기사들의 말대로 그냥 두고 보지 않을 건 당연한 일.

"하지만 그걸 못 갚으면……."

일부는 불안한 눈치였다.

그리고 노형진에게는 그런 불안감을 없애 줄 방법이 있었다.

"대룡에서 택배 준비하는 거 아시죠?"

"네."

"이 대출을 대룡에 넘기면 됩니다."

"네? 그게 무슨 말입니까? 거기에 왜 대출을 넘겨요?"

"정확하게는 차량을 넘기는 거죠. 여기 예비 계약서가 있습니다. 안내문 정도이고 법적인 효력은 없지만, 규정을 잘 보세요."

노형진은 미리 준비한 설명문을 택배 기사들에게 나눠 줬다.

"어차피 차량이 필요한 대룡 입장에서는 이미 있는 택배 차량을 이용할 수 있으면 좋지요. 그리고 동시에 대룡은 지역의 지형을 잘 아는 택배 기사까지 얻게 되는 거죠. 물론 여러분은 거기에서 일할 테니 딱히 빚을 갚아야 한다는 압박감은 덜할 겁니다. 차량을 빼앗기는 게 아니라 다른 곳에 지입으로 들어가서서 안정적인 수입을 낼 수 있게 된다고 보시는 게 맞을 겁니다."

택배를 시작한다고 해서 시작과 동시에 날아다닐 수는 없다.

한국의 골목은 무척이나 복잡하기에 일부 아파트 단지를

제외한 지역을 돌아다니면서 정시에 배달하기 위해서는 지형을 잘 알아야 한다.

"아!"

"그러니 그쪽에 바로 취업할 수도 있을 겁니다."

그렇게 되면 차는 빼앗기고 사납금은 내야겠지만, 그래도 거기에서 일하면서 일부 수익을 변제에 쓸 수 있을 것이다.

물론 노형진은 거기까지 가지는 않을 생각이었다. 진짜로 택배업을 할 생각은 없으니까.

"그러면 저희가 할 건?"

"그냥 취업 사기로 이야기만 하시면 됩니다."

노형진의 말에 택배 기사들은 다들 고개를 끄덕거렸다.

⚖️

손 놓고 당한다는 게 바로 이런 거다.

택배 회사들의 집단적인 취업 사기.

물론 진짜로 언론에서 '집단적인 취업 사기'라고 쓰지는 않았다.

하지만 각 택배 회사의 지부장들 중에 돈을 안 받아 처먹은 놈은 없었으니 국민들은 '기업의 명령을 받아서 받아 처먹었다.'라고 생각할 수밖에 없었다.

그리고 이틀 뒤, 결국 라진택배는 성명을 발표하고 대국민

사과 수순을 밟을 수밖에 없었다.

　―이번 사태에 대해 책임을 통감하며 관련자를 처벌하고…….

　방송에 나오는 장면을 보면서 노형진은 씩 하고 웃었다.
　"결국 자기들이 책임지겠다는 소리는 안 하는군요."
　"예상한 일 아닌가? 기업들이야 그런 식으로 꼬리 자르기
하는 게 상식일세."
　"알고 있습니다. 그래서 그다지 실망하지도 않았고요."
　유민택의 말에 노형진은 고개를 끄덕거렸다.
　"라진택배 쪽에서는 뭐라고 하던가요?"
　"뭐, 절대 안 된다고 하더군."
　"그래요? 3개월을 버틸 수 있다고 생각하나 보군요."
　"3개월? 3주나 버티면 다행이게?"
　다른 기업들은 모르지만 오로지 라진택배 하나만 생각하
면 그들은 3주도 못 버틴다.
　당연한 게, 그들은 다른 기업들과 다르게 본사가 택배 회
사다.
　본사가 타격을 입은 셈이니 당연히 버티는 데에 한계가 있
을 수밖에 없다.
　"아마 조만간 두 손 두 발 들고 찾아올 걸세."
　"좋군요. 그러면 다음 작업을 해도 되겠네요."

"다음 작업?"

"대룡이 라진을 잡아먹는다면 다른 회사들이 불안해하지 않겠습니까?"

"흠, 불안하기는 하겠지."

사실 라진을 잡아먹는 방법을 다른 곳에 적용한다면 그곳도 결국 쓰러질 수밖에 없다.

물론 라진과 다르게 본사가 있으니 지원받아서 버틸 수 있을지도 모른다.

하지만 기본적으로 시스템을 바꾸지 않으면 말 그대로 밑빠진 독에 물 붓기 수준으로 돈만 들어갈 게 뻔한 일.

그런 걸 알면서 계속 돈만 들이부을 기업은 없다.

"그러니 저들에게 약간의 거래를 걸어야지요."

"자네 본업 문제로 말인가?"

"네."

노형진은 고개를 끄덕거렸다.

"돈은 라진에서 나올 테니 이제 제 본업인 변호사 노릇을 좀 해 봐야겠습니다. 후후후."

⚖️

라진택배가 흔들리고 적대적 인수 합병이 시작되는 상황에서 유민택이 다른 택배사들의 사장들에게 만남을 요청하자 그들은 거부할 수가 없었다.

그리고 그들이 대룡으로 찾아왔을 때 기다리고 있는 건 유민택이 아니라 노형진이었다.

"제가 요구하는 건 간단합니다. 여러분이 택배 시스템을 바꿔 달라는 것입니다."

"아무리 그래도 이건 월권행위요."

각 택배사의 사장들은 당연히 유민택을 만나러 왔다. 그런데 노형진이 나와서 이야기하자 가소롭다는 표정을 지었다.

"아, 그래요? JJ택배시죠?"

"그렇소만."

"지금 JJ택배의 시가총액이 얼마입니까?"

"뭐요?"

"JJ택배 시가총액이 세 달 후에 얼마나 떨어질까요, 영업을 못 한다면?"

그 말에 JJ택배 사장은 얼굴이 핼쑥해졌다.

설마 대놓고 협박을 할 줄은 몰랐던 것이다.

"본사에서 가만히 있을 것 같소!"

"아, 물론 본사에서 가만히 있지는 않을 겁니다. 여러분의 모가지를 잘라 버리겠지요. 자존심 때문에 작은 것 하나 못 고치고 회사를 빠개 버린 임원을 누가 그냥 두겠습니까?"

노형진은 웃으며 그렇게 말했다.

"그리고 회사를 날려 버린 사장이 갈 곳이 과연 교도소 말고 또 있을까요? 뭐, 다들 깨끗하시다면 그럴 일은 없겠지만."

'그럴 리가 있나.'

지부장들이 지입으로 돈을 처먹은 걸 과연 사장들이 몰랐을까?

지금 구속된 지부장들이 하는 가장 큰 변명은 관행이라는 것이었다.

그리고 그 관행은 상당 부분 상납을 포함한다.

"다들 사장이시고 뒤에 대기업들이 있지요. 압니다. 하지만 사람들은 뒤에 있는 사람의 위세가 자기 위세라고 착각하기도 합니다."

"착각?"

"네. 마치 제 뒤에 마이스터가 있으니까 제가 마이스터의 힘을 이용할 수 있다고 생각하는 것처럼 말이지요."

그 말에 각 사장들은 소름이 돋았다.

자신들은 단순히 노형진이라는 변호사 개인만을 보고 귀찮다는 듯 대했지만, 생각해 보면 그 뒤에는 마이스터가 있다.

더군다나 마이스터는 지금 한국의 대룡과 손잡고 택배업에까지 진출하려는 상황.

"그런데 저도 조심해야지요. 모가지가 날아가면 끝 아닙니까?"

아무리 사장이라고 해도 월급쟁이다.

마이스터와 전쟁을 시작한 병신 같은 사장을 본사에서 가만둘 리가 없다.

"크흠, 그래서 뭘 원하는 거요? 설마 대룡과 같은 시스템으로 바꾸라는 말은 아니겠지요?"

"그럴 리가요."

그럴 리가 없다. 그럴 수도 없고.

'내가 미쳤냐?'

노형진은 천천히 다른 택배 회사들을 질식시킬 예정이었다.

언론과 인터넷을 이용해서 사람들을 착취하는 기업으로 몰아가면서, 바른 기업을 이용하자는 운동으로 몰고 갈 것이다.

당연히 기존 택배사들은 말라 죽어 갈 수밖에 없다.

물론 기업을 경영하는 재벌가에서 야심차게 시스템을 바꾸려고 한다면 한 번에 바꿀 수도 있겠지만.

'사장은 그럴 힘이 없지.'

실적에만 신경 쓰면서 천천히 말라 들어갈 테고, 아차 싶을 때는 이미 점유율의 대부분을 대룡택배가 잡아먹은 이후일 것이다.

저들의 점유율을 천천히 낮추는 방법은 많다.

당장 800원과 1,200원. 택배 기사들의 생계를 생각하자는 광고와 캠페인을 한다면 사람들은 사용하는 택배 회사를 바꿀 게 뻔하다.

그래서 노형진의 이번 계획은 택배 기사들의 안위와 관련이 있었다.

처음 소송을 담당했던 그 문제는 해결해야 하니까.

"제가 요구하는 건 블랙리스트입니다."

"블랙리스트?"

"네, 블랙리스트요. 정확하게는 배송 금지를 설정해 달라는 겁니다."

의외로 택배 기사들에게 갑질을 하는 사람들은 엄청나게 많다.

당장 이번에 문제가 된 아파트 단지만 해도 개개인이 문제를 일으키는 경우가 많았다.

나가는 길에 음식물 쓰레기를 버려 달라고 하는 놈도 있고, 시간 약속을 하고 갔는데 자리를 비우고 있다가 도리어 적반하장으로 화내는 경우도 있었다.

심한 경우는 물건을 받고도 받지 않았다고 지랄 발광을 하면서 책임지라고 하는 놈들도 있었다.

대부분의 택배 기사들이 그런 일을 한두 번 당해 본 게 아니다.

'웃긴 일이지.'

그런 사기꾼을 만나면 택배 기사는 하루 종일 일해서 번 돈을 그대로 날려야 한다.

고가의 상품의 경우는 한 달 월급을 통째로 날리는 경우도 있다.

"그건 좀 곤란한데……."

그 말에, 노형진은 떨떠름한 표정의 사장을 바라보면서 물었다.

"어째서요?"

"진상 손님의 비율이 15%가 넘는데……."

대략 15% 정도는 진상으로 봐야 하는데 그들을 모두 블랙리스트에 올리면 매출이 줄어든다는 거다.

'병신 같은 소리 하고 자빠졌네.'

"진짜로 그럴까요?"

"뭐?"

"제가 영구적으로 해 달라는 것도 아닙니다. 행위에 따라 다르게 한정하자는 거죠."

쓰레기를 버려 달라고 하면 1주 정도.

약속을 어기면 2주.

절도를 뒤집어씌우거나 하면 영구적으로.

그렇게 분류해서 배송 금지를 걸어 버리면 어떻게 될까?

"그놈들도 병신이 아닌 이상에야 정신 차리겠지요."

삶이란 한번 편해지면 과거로 못 돌아간다.

현대는 택배라는 문명의 시스템 덕에 편하게 집에서 물건을 받아 볼 수 있다.

"과연 그렇게 갑질을 하는 놈들이 그 문명의 이기를 포기할 수 있을 거라 생각합니까?"

필요한 물건은 주변에서 살 수 있다.

하지만 그건 어디까지나 한정된 선택지를 가진다.

인터넷 홈쇼핑에서는 티 하나에 수백 수천 개의 선택지가 있지만 주변의 마트나 백화점에 가면 수십 개 정도의 선택지 뿐이고 가격도 비싸다.

"실제로 어떤 물건들은 인터넷 말고는 구할 수 없기도 하지요."

외부에서 따로 매장을 만들거나 유통 시스템 안으로 들어가기에는 수지타산이 맞지 않아서 인터넷으로만 거래되는 물건이 있다.

"결정적으로 오프라인 상품들은 가격이 비쌉니다."

매장 상품들은 저가 전략을 쓰는 데 한계가 있다.

물류비와 가게 운영비 등이 포함되니까.

"과연 그들이 얼마나 버틸 수 있을 것 같습니까?"

처음에는 1주, 그다음에는 2주, 그다음에는 3주.

자신이 갑질을 할 때마다 블랙리스트에 올라서 택배를 받지 못한다면?

당연히 귀찮아서라도 갑질을 하지 않게 된다.

"지금 아파트 건도 그렇지요."

저들이 저렇게 갑질을 할 수 있는 이유는 단 하나다.

택배를 주문하면 무조건 가져다줘야 한다.

그러니 자신들이 갑질을 해도 택배 기사들은 저항하지 못한다.

"하지만 각 회사에서 그걸 블랙리스트로 처리한다면 문제 될 게 없습니다."

물론 끝까지 자기 버릇 못 고치는 놈들이 있을 것이다.

하지만 그런 놈들은 택배를 받아 주지 않으면 된다.

"그런 놈들이 1%나 될까요?"

택배 기사들은 일을 하는 만큼 돈을 번다. 그러니 굳이 이유도 없이 배송을 거부하지는 않는다.

애초에 어지간히 미친놈이 아닌 이상에야 1주씩, 2주씩 배송이 거부되는데 알면서도 갑질 할 놈들은 없다.

"설마 그런 시스템은 적용 불가능하다고 하시는 건 아니죠?"

"그거야……."

적용 불가능한 게 아니라 적용하기 싫다는 게 더 맞는 표현이다.

그냥 특정 지역 배송 불가 결정을 내 버리고 거기 택배 기사를 다른 곳으로 돌려 버리는 게 더 편하다.

'결국 택배 기사들이 얼마나 고생하든 택배 회사는 돈을 더 벌고 싶었던 것뿐이지.'

하지만 이제는 그대로 버틸 수는 없게 되었다.

"만일 거부하신다면……."

노형진은 턱을 문질렀다.

"신고 기간이 좀 오래갈 것 같은데……."

그 말에 똥 씹은 표정이 되는 각 택배 회사 사장들.

"결국 신고한 건 당신이라는 걸 인정하는 겁니까?"

"제가 언제 부정했나요? 그리고 제가 뭐 불법적인 일이라도 했습니까?"

합법적으로 불법 영업을 신고한 것뿐이다.

"뭐, 그게 불만이시라면 끝까지 가도록 하고요."

노형진은 빙긋 웃었다.

"물론 다음 모임에서 여러분들을 다시 보기는 힘들겠지만요. 아마 대부분은 못 뵐 것 같네요, 후후후."

그 말을, 사장들은 부정할 수가 없었다.

⚖️

그리고 바로 다음 날부터 택배 회사들은 택배 기사들에게 갑질을 하거나 출입을 통제하거나 엘리베이터를 사용하지 못하게 하는 아파트나 건물에 대해 모조리 접수를 거부하겠다고 발표했다.

그리고 그 발표가 끝나기 무섭게 택배 운영 신고가 멈췄고, 어느 정도 택배 시스템이 돌아가기 시작했다.

딱 하나, 라진만 빼고 말이다.

라진은 살기 위해 몸부림쳤지만 노형진은 멈출 생각이 없었다. 애초에 이런 괴상한 시스템을 만든 게 라진이니까.

"이제 택배 쪽은 대충 정리된 것 같네요."

노형진은 보고 기록을 살피면서 말했다.

설마 택배 회사에서 집단으로 아예 배송 거부를 결정할 줄 몰랐던 해당 아파트 단지에서는 지역 혐오니 주민 차별이니 하면서 게거품을 물었지만, 회사 측에서는 이미 결정된 건을 철회할 계획은 전혀 없다고 못을 박았다.

라진이 대롱에 천천히 먹히는 꼴을 보면서 그들이 할 수 있는 것은 자신들과 전혀 상관없는 주민들을 버리는 것뿐이었다.

"이제 남은 건 아파트를 흔드는 겁니다."

"네? 잠깐만요. 모든 문제가 해결된 거 아니었나요?"

민시아는 고개를 갸웃하면서 물었다.

지금 택배 회사에서는 블랙리스트 제도를 운영한다고 공식 발표를 했다.

당연히 갑질을 하거나 택배 기사에게 무리한 요구를 하거나 죄를 뒤집어씌우는 등의 행위를 하는 경우 배송 접수가 거부되며, 이사 등의 이유로 거주자가 바뀌면 그 사실을 새로 거주하는 사람이 증명해야 배송을 재개할 수 있게 되었다.

"물론 압니다. 하지만 갑질이라는 건 남보다 내가 더 우월하다는 걸 보여 주고 싶어서 하는 거거든요."

"그런데요?"

"택배 기사들에게 그러는 놈들이 다른 사람들에게는 안 그럴까요?"

노형진에게 사건을 가지고 온 사람들이 택배 기사일 뿐,

그들에게 피해받는 이들은 많다.

"아마도 음식 배달부와 경비원도 심각한 피해를 받고 있을 겁니다."

"하긴, 이해가 가네요."

배달부 또한 엘리베이터를 사용해야 하는 것은 마찬가지다.

그나마 오토바이는 지하 주차장으로 들어갈 수 있으니 통행은 자유롭지만, 배달 자체는 결국 엘리베이터를 써야 한다.

"설마 배달 업체에도 써먹으시려고요? 하지만 의뢰받은 게 없는데요. 그리고 그쪽에서 우리 말을 듣겠어요?"

그건 틀린 말은 아니다.

하지만 노형진은 시작한 김에 확실하게 못을 박아 둘 생각이었다. 사회적으로 약자라는 이유로, 저항하지 못한다는 이유로 사람을 무시한다면, 그 인간도 무시해 주면 그만이다.

"걱정하지 마세요. 들을 겁니다."

"어떻게 아세요?"

"어떻게 알긴요. 제가 최대 주주인데 당연히 들어야지요."

노형진은 씨익 웃으며 말했다.

⚖

집으로.

노형진이 만든 배달 전문 업체였다.

정확하게는 미래에 벌어질 상황을 알고 그에 대비해서 만든 업체였다.

원래 대한민국에는 여러 배달 앱이 있었다.

하지만 배달 앱이 워낙 많은 수익을 가지고 가는 데다 나중에는 그 모든 배달 앱을 한 기업에서 모조리 집어삼키는 바람에 배달 가격이 터무니없이 올라가서 문제가 된다는 걸 알고 있었다.

그래서 노형진이 만든 게 바로 '집으로'라는 배달 사이트였다.

다른 배달 앱보다 싼 수수료 그리고 안정된 시스템으로, 지금은 원래 역사와 다르게 배달 앱 시장의 70%를 집어삼키고 심지어 전 세계적으로 규모를 늘리고 있었다.

나중에 코로나가 터지면 전 세계적으로 중요한 산업 중 하나가 되기에 노형진은 미리미리 모든 시스템을 준비하던 중이었다.

그랬기에 그 최대 투자자인 노형진의 말을, 집으로 본사가 거절할 수는 없었다.

—집으로는 대한민국에서 갑질을 퇴출시키고자 합니다. 이에 블랙리스트에 오른 지역 및 주소에 관해서는 배송료가 모두 주문자에게 귀속되며 또한 추가 배송료를 요구할 예정입니다.

택배 회사들이 지역 내 갑질을 이유로 접수를 거부한 지역으로 배달하는 것까지 거부하는 것은 아무래도 시스템상 한계가 있다.

일단 식당을 운영하는 일반인들이 블랙리스트 관리 시스템을 만들 수는 없기 때문이다.

하루에도 수십에서 수백 건의 배달 요청이 오는데 그걸 하나하나 확인하며 블랙리스트를 짤 수는 없다.

"더군다나 엄밀하게 말하면 그런 갑질을 하는 놈들에 의한 피해자는 리스트를 만드는 식당 주인이 아니라 배달부거든요."

그런데 식당에다가 블랙리스트를 만들어서 관리해 달라고 요청한들 과연 해 줄까?

"하지만 앱은 다르다 이거군요."

"네."

일반적으로 근거리 배달의 경우는 한 건당 4천 원 선.

원래는 그중 2천 원 정도는 업체에서 부담하고 나머지 2천 원은 고객이 부담하는 게 현재 시스템이다.

그러나 블랙리스트에 오르면 배달료는 2만 원이 더 붙는다.

배달 주문이 들어가면 음식을 만들어야 하는 식당 주인의 입장에서는 나중에 배송을 거부할 경우 피해를 보기에, 택배처럼 접수 거부를 기본적으로 할 수가 없다.

"하지만 배달 주문은 보통 카드로 결제하니까요."

앱에 등록된 카드로 결제하는 게 보통이기에, 블랙리스트 지역으로 배달시키는 쪽에서 일단 2만 원을 지급하지 않으면 아예 배달 접수가 안 되게 해 둔 것이다.

물론 그 지역 사람들은 뭔 헛소리인가 했을 것이다.

하지만 규정은 이미 정해졌고, 이제 그들은 다른 지역 사람들의 몇 배의 돈을 써 가면서 생활하게 생겼다.

"아마 재미있을 겁니다, 후후후."

사람들은 큰돈에는 무심하지만 의외로 작은 돈에는 예민하다.

그런데 전에는 배달비를 포함해서 대략 2만 원이면 먹던 음식이 갑자기 배달료만 2만 원이 나온다면 무슨 생각이 들까?

"귀찮다. 그냥 짜장면 시켜 먹자."

"뭔 짜장면이야! 아니, 배달시키려면 세 그릇에 4만 원이야."

"뭔 소리야? 내가 짜장면 먹자 그랬지, 언제 초밥 시켜 먹쟀어?"

벌러덩 누워서 짜장면 타령을 하던 남자는 눈을 찡그리며 물었다.

"배달료 오른 지가 언제인데? 한 번에 2만 원이야, 2만 원!"

아내의 말에 남자는 기가 막혔다.

"아니, 누구는 배달 안 시켜 먹어 봤어? 무슨 배달료가 2만 원이야? 장난해?"

"이 동네 가격 오른 지가 언제인데. 소문 못 들었어? 엘리베이터 사용 금지잖아?"

"그런데?"

"그래서 배송료를 올린대."

엘리베이터를 쓸 수가 없으니 계단으로 배달해야 하는데, 계단을 쓰면 그만큼 시간도 오래 걸리고 또 배달부도 지쳐 버린다. 당연히 지쳐 버린 배달부는 그만큼 근무를 못 하니 그 시간을 계산해서 배달료가 2만 원인 것이다.

"이게 뭔 개소리야?"

남자는 어이가 없다는 듯 자리에서 일어났다.

평소에는 회사에서 저녁을 먹는 게 보통이라 딱히 집에서는 뭔가 시켜 먹을 일이 없었는데 난데없이 날벼락이 떨어졌다.

"그냥 밥 먹어, 돈이 썩어 문드러지는 게 아니면."

"아니, 짜장면 배달하는데 4만 원이 말이 돼?"

상황을 다시 물어보려고 하는 찰나 안쪽에서 비명이 들려왔다.

"아아악!"

"혜지야!"

그 비명에 부부가 다급하게 딸의 방문을 열자 딸이 말 그대로 지랄 발광을 하고 있었다.

"내 한정판! 내 한정판 브로마이드!"

"왜 그래? 한정판 뭐?"

"이 미친! 아아악!"

"야! 야, 장혜지! 무슨 일이냐고!"

결국 아버지가 소리를 지르고 나서야 혜지는 억울한 듯 그에게 달라붙었다.

"아빠! 차라리 이사 가자! 여기 택배도 안 되는데 어떻게 살아? 여기가 깡촌이야? 어? 뭔 놈의 물건 하나 사러 30분 동안 차 타고 마트에 가야 하냐고! 매번!"

"엉? 택배가 왜 안 돼? 저건 뭔데?"

"내 한정판 브로마이드…… 흑흑."

한정판으로 나온 모 보이 그룹의 브로마이드. 그걸 잽싸게 주문하고 구매 성공했다고 좋아했는데 접수하려고 하니 택배 배송 불가 지역이 떠 버리면서 접수가 취소된 것이다.

그걸 본 장혜지는 다급하게 친구네로 주소를 옮기려고 했지만 이미 한정판 브로마이드는 다 팔리고 없었다.

"택배 배송이 안 된 지 며칠 되었어요."

"뭐, 그게 무슨 소리야?"

남자는 이해가 가지 않았다.

"아빠, 진짜 뉴스 안 보는구나?"

"내가 뉴스 볼 시간이 어디 있어?"

"이 동네 멀쩡한 게 하나도 없어, 아빠."

택배는 배송 금지.

음식 배달은 배달료가 2만 원.

마트에 가려면 차 타고 30분.

마트에서 안 파는 물건을 사려면 차 타고 시장까지 한 시간 30분.

"여기서 갑질 하다가 지랄 나서 그쪽에서 그렇게 못 박았대요."

"갑질? 누가?"

"누구겠어요? 여기 여편네들이지. 뭐, 남편들이 변호사라나 뭐라나 하면서 온갖 설레발은 다 치더니."

혀를 끌끌 차는 아내의 말에 남자는 기가 막혔다.

"그러면 여기서 어떻게 살라고? 맨날 찬밥에 똥국 처먹어?"

"아니, 내가 언제 찬밥을 줬다고 그래요?"

"아니, 말이 그렇다는 거지."

거주환경에서 편리함이 사라지면 당연히 사는 건 그만큼 힘들어진다.

"이러면 곤란한데."

"여보, 이참에 이사 가요."

"이사?"

"네. 여기 비싸기만 하지, 월세 꼬박꼬박 내면서 불편하게 살겠어요?"

"맞아. 이사 가자."

아내와 딸의 성화에 남자는 진지하게 이사를 생각할 수밖에 없었다.

무슨 두메산골도 아니고 택배도, 배달도 안 되는 곳에서 살 수는 없으니까.

"그래, 이사하는 거 고려해 보자."

"아자!"

⚖️

"이곳이 살기가 엄청 좋아요. 보다시피 주차장도 넉넉하고."

신혼집을 구하기 위해 온 신혼부부는 잔뜩 기대하는 표정으로 자신들이 계약한 집을 둘러보았다.

널찍한 창에 빛도 잘 들어오는 창문, 그리고 저 멀리 보이는 산까지.

"여기가 우리 신혼집이구나."

"오빠, 우리 잘 살자."

"그러자."

두 사람은 꽁냥거리면서 행복감에 빠져 있었다. 하지만 그들은 그들의 뒤로 누군가 다가오고 있다는 걸 몰랐다.

"새로 이사 오시나 봐요?"

"누구세요?"

건장한 남자는 행복에 겨운 두 부부를 보면서 웃고 있었다.

"노형진 변호사라고 합니다."

"노형진 변호사님?"

그러자 얼굴이 사색이 되는 부동산 업자.

"무슨 일이신데요?"

노형진은 사색이 되는 부동산 업자를 바라본 뒤 조용히 두 사람에게 물었다.

"혹시 여기 사기 계약에 대해 아시나 해서요."

"네? 사기 계약요? 무슨 사기 계약요?"

신혼부부는 어리둥절한 얼굴로 노형진을 바라보았다. 그러자 부동산 업자는 황급히 그들을 데리고 떠나려 했다.

"자 자, 이 정도면 충분히 보신 것 같으니 이만 가죠."

"잠깐만요, 아저씨. 가만히 좀 있어 봐요. 사기 계약이라니, 무슨 소리예요?"

똑 소리 나게 생긴 여자 쪽이 뭔가를 알아채고는 떠나려는 부동산 업자에게 되물었다.

노형진은 그런 두 사람에게 물었다.

"이 아파트, 택배 배송 금지 구역인 건 아세요?"

"네? 택배 배송 금지 구역이라고요?"

"네. 언론에 나온 그 유명한 아파트가 바로 여기입니다."

"아니, 그게 무슨 말입니까? 택배가 배송이 안 된다니."

"말 그대로입니다. 여기는 택배가 안 옵니다."

그 말에 남자는 어이가 없다는 표정이 되었다.

신혼부부인 만큼 살 것도 많고 꾸밀 것도 많다.

하지만 그걸 다 발로 뛰어서 구할 수는 없으니 결국 택배로 받아야 한다. 그런데 택배 배송 금지 구역?

"왜요?"

"부녀회에서 갑질을 해서 택배 회사에서 아예 막았습니다. 그리고 택배가 아니더라도, 배달료가 2만 원부터 시작합니다."

"배달료? 설마 음식 배달료 말씀하시는 건가요?"

"네, 음식 배달료요."

그 말에 두 부부는 무서운 표정으로 부동산 업자를 노려보았다.

"그건 말 안 해 줬지요?"

"네, 안 해 줬습니다. 사실 요즘 경기도에서 아파트 단지 내에 택배가 안 들어올 리가 없지 않습니까?"

이제 막 생긴 아파트 단지도 아니고 지어진 지 좀 오래된 아파트 단지다. 그런데 택배가 안 된다니?

"안 됩니다. 그리고 이건 사기 계약에 해당되지요."

"네? 사기 계약요?"

"네, 생활 기반 시스템에 대해 거짓말한 거니까요."

"아니, 그게……. 거짓말했다기보다는……."

부동산 업자는 어떻게 해서든 말을 돌리려고 했지만 이미 신혼부부는 머리끝까지 화가 난 것처럼 보였다.

"여기, 명함입니다. 저한테 의뢰하시면 사기 계약으로 돈을 되찾아 드리겠습니다."

"아니, 나한테 왜 그래요! 돈은 이미 집주인이 가지고 갔는데."

찔끔하는 부동산 업자. 하지만 노형진은 그런 그를 보면서 말했다.

"사기는 당신이 돈을 가지고 가지 않아도 거짓말로 수익을 낸 거면 충분합니다."

그는 분명 여기에서는 생활에 치명적인 문제가 있다는 걸 알면서도 모른 척했다.

그리고 그 결과, 신혼부부는 생활 자체가 불가능하게 되었다.

"물론 그 돈을 되찾아 오는 건 당신 책임이고, 당신이 사기 친 거니까 그 배상도 당신이 해야지요."

"아니, 나는 모른다니까."

"모르는 건 내 알 바 아니고요."

노형진은 어깨를 으쓱하며 말했다.

"같이 경찰서에 가시죠, 고객님들."

신혼부부는 무서운 눈빛으로 부동산 업자를 보며 말없이 고개를 끄덕였다.

⚖

아파트 주민들이 가장 신경 쓰는 부분은 뭘까? 바로 아파트 가격이다.

일부 아파트 주민들이 갑질을 하면서 내건 기치는 품격 있는 아파트, 교양 있는 아파트였다.

쉽게 말해서 품격 있고 교양 있는 우리 아파트 단지 내에 택배 기사나 배달부같이 무식하고 위험한 인간이 마음대로 다니게 해서는 안 된다는 게 그들의 생각이었다.

하지만 품격 있고 교양 있는 그들도 모르는 사실이 있었으니, 그건 바로 택배 기사와 배달부의 통행을 금지했을 경우 벌어질 일이었다.

"어쩔 거예요? 집이 안 나가잖아요!"

"지금은 급매로 내놔도 안 나갑니다."

"주변 부동산 업자들이 싹 다 가게를 닫았어요! 알아요?"

"다른 지역 부동산도 마찬가지입니다. 우리 아파트는 아예 거래 자체가 불가능하다고요!"

현대사회에서 배달과 택배는 사는 데 필수적인 시스템이 되었다. 불가능한 지역은 극히 일부에 지나지 않는다.

그런 상황에서 배달과 택배의 이용이 금지되어 버리니 아파트 주민들은 날벼락을 맞은 것이나 다름없었다.

"품격 있는 우리 아파트가……."

"품격 같은 소리 하고 자빠졌네."

단상에 올라간 부녀회장은 변명하려고 애썼지만 오늘 회의한다는 말에 휴가까지 내고 나온 남자는 빡칠 대로 빡친 상태였다. 모든 아파트값이 오르는데 오로지 자기네 아파트 값만 떨어졌으니까.

"그 얼마나 품격이 넘치시기에 배달하는 사람들이 엘리베이터도 쓰지 못하게 하십니까?"

"엘리베이터에 음식 냄새가 배잖아요!"

"그런 분이 얼마 전에 짜장면 배달이 늦었다고 돈 못 준다고 지랄했습니까?"

짜장면 배달부는 엘리베이터를 타려고 했지만 경비원이 막았고, 그는 어쩔 수 없이 18층에 있는 그녀의 집까지 걸어 올라가 배달해야 했다.

당연히 한참을 올라가야 했고, 짜장면은 불어 터져서 한 덩어리가 되었다.

"그래서 아파트에 배달하려면 엘리베이터 사용료를 내라고 했잖아요."

"그게 뭔 소리입니까?"

"간단한 거예요. 우리가 왜 그 사람들이 쓰는 엘리베이터 전기세를 내줘야 하나요? 그래서 앞으로 우리 아파트에 배달하는 사람들에게서 엘리베이터 사용료를 무조건 2천 원씩 받을 거예요."

"뭔 개소리야?"

"그건 어떻게 받을 건데?"

"모든 엘리베이터에 카드식 보안장치를 설치할 거예요. 다들 호텔에서 써 보셨으니 알지요? 그리고 배달하는 사람들에게 자동으로 차감되는 보안 카드를 판매할 거예요."

자랑스럽게 떠벌리는 부녀회장의 말에 남자는 기가 막혀

서 말이 안 나왔다.

"야! 너 여기 혼자 살아?"

"지금 뭐라고 하셨어요? 품위도 없이."

"품위고 나발이고, 너 혼자 사냐고!"

"아니, 뭔 카드 키야?"

어이를 상실한 남자가 인상을 구기며 말을 내뱉는데 부녀회장의 말이 이어졌다.

"이미 업체는 선정되었고 그 설치비는……."

"잠깐, 뭐야! 주민 회의도 없이 업체 선정이 끝났다고?"

주민들은 바보가 아니다. 그런데 이런 대형 공사를 주민 동의도 없이 알아서 자기들끼리 한다고?

"그 공사비는 엘리베이터 카드를 판매한 수익으로……."

"잠깐, 이거 뭔가 있는 거 아냐?"

"우리 아파트의 품격 있는 삶과 여유를 위해……."

"야! 멈춰!"

사람들이 항의를 무시하며 회의를 진행하려고 하는 부녀회장에게 달려들었다. 그러자 그 아래에 있던 부녀회원들이 달려드는 사람들을 몸으로 막았다.

"지금 뭐 하는 짓거리야! 어? 너희 지금 뭐 하고 있는 거냐고!"

"우리 아파트의 자랑스러운 명예를……."

"야! 막아. 안 비켜? 안 비켜? 안 비키면 성추행으로 고소할 거야!"

"성추행이야! 경찰 불러, 경찰!"

아파트 회의는 완전히 개판이 되어 가고 있었다.

아파트 부녀회의 몰락은 어렵지 않았다.

이상한 점을 감추기 위해 뻘짓을 하던 부녀회와 그 집단은 주민들이 고발하자 자기 남편들을 움직이려고 했지만 검사도 아닌 변호사가 커버할 수 있는 수준에는 한계가 있었고, 그 결과는 개판이었다.

부녀회는 아파트 내의 보안 엘리베이터와 관련해서 뇌물을 받고 특정 업체와 손잡고 있었다. 말로는 품격이니 고상한 삶을 이야기했지만 그 안은 시궁창이나 다름없었다.

한 곳에서 그 지경이니 비슷하게 행동하던 여러 아파트들과 오피스텔 등에서도 고발이 줄줄이 이어졌고, 그곳에 사는 주민들은 자신들끼리 아귀다툼을 끝도 없이 벌였다.

"아셨어요?"

민시아는 박살이 난 아파트 커뮤니티를 보면서 말했다.

서로 하하 호호 하면서 택배 기사들을 무시하던 입주민들은 멱살을 잡고 서로가 서로를 폭행과 성추행으로 고소하기 바빴다.

"대충은요."

노형진은 어깨를 으쓱하며 말했다.

"어떻게요?"

"고상하게 산다고 하잖아요. 품위 있는 삶이라고 하잖습니까? 그런 삶은 귀족적인 삶이라고 표현할 수 있지요."

"그……렇겠죠?"

"그런데 한 명의 귀족이 그 고상한 삶을 살기 위해 얼마나 많은 사람들이 피와 땀 그리고 눈물을 흘렸는지는 아십니까?"

"그건…… 잘 모르겠네요."

"러시아제국이 무너질 때 붉은 군대의 병사들이 귀족들의 삶을 보고 충격받았다고 하지요."

실제로 그 장면은 그림으로도 남아 있다.

자신들은 감자 하나를 아껴 먹으며 죽지 않기 위해 몸부림 쳤는데 귀족들은 집안을 황금으로 도배하면서 살았다.

"저들도 마찬가지입니다."

입으로는 품격 있는 삶을 이야기한다.

하지만 그 삶을 만들기 위해 누군가는 희생해야 한다.

"자신의 능력으로 그런 삶을 쟁취한 사람이라면 고작 택배나 배달을 하는 데에 신경 쓸까요? 솔직히 택배나 배달에 엘리베이터를 쓴다고 해서 공공 사용료가 몇십만 원씩 느는 것도 아니고."

개인당 고작 몇백 원 정도가 끝이고 그걸 신경 쓰는 사람은 없다.

"하지만 그게 아깝다고 생각하는 사람들은 두 부류입니다."

진짜 공공의 영역에서 한 푼이라도 아껴서 도움이 되고자

하는 사람이거나 '그건 내 돈인데.', '내 돈이 새어 나가는 건데.'라고 생각하는 사람.

"전자라면 아마 배달에 대해 아무런 말도 안 했을 겁니다."

그 자체가 아파트 주민들의 삶의 질을 향상시키는 데에 기여하니까.

하지만 후자이기에 내가 착복해야 하는 돈이 그들의 엘리베이터를 사용하는 데에 든 전기세로 나가서 아까운 거다.

"그래서 노린 거죠."

"헐."

"뭐, 덕분에 그래도 전국 택배는 멀쩡하게 돌아다니네요."

갑질이 벌어지면 그에 상응하는 처벌이 이루어진다.

"그러면 이제 한 가지 일은 끝난 거네요."

"네. 하지만 여전히 일은 남아 있지요."

"일이 남아 있다니요?"

"모든 일은 동전의 양면성을 가지고 있습니다."

노형진은 긴 한숨을 쉬면서 말했다.

"몰랐다면 모를까, 그 양면성을 봤다면 그걸 고쳐야지요."

그리고 이번에는 정반대의 자리에서 일할 시간이었다.

신산업은 언제나 똥과 함께

배달의 민족. 대한민국의 별명 중 하나다.

그게 나쁜 것은 아니다.

하지만 현대에 와서는 그 배달의 의미가 좀 달라졌다.

원래의 배달은 상고시대에 한반도에 있던 국가의 이름이다.

하지만 그러한 배달의 의미를 언어유희적으로 활용해서
배달配達의 민족이라고 부르기도 한다.

그만큼 한국 사회에서 배달은 빼먹을 수 없는 주요 사업
중 하나이자 또 빠르게 성장한 사업 중 하나였다.

과거에는 배달하는 것이 기껏해야 중국집 음식 정도였지
만 지금은 거의 모든 것을 다 한다.

그건 배달 앱이 생기면서 바뀐 현상이다.

과거의 배달부들은 한 가게에만 속했었다.

하지만 지금은 각 배달부들이 배달 전문 업체에 속해서 별도의 수수료를 받고 배달한다.

솔직히 배달받는 국민 입장에서는 이게 손해다. 별도의 배달료를 더 내야 하니까.

하지만 배달을 보내는 식당 입장에서는 고정비를 줄일 수 있기에 훨씬 나은 선택이고, 배달하는 입장에서는 일한 만큼 가지고 갈 수 있기에 더 많이 배달한다.

하지만 모든 것이 다 그렇듯 처음 만들어진 것은 문제점을 가지고 있다.

그리고 노형진이 이번 사건을 해결하면서 본 건 그중에서 여전히 해결되지 않은 문제점이었다.

노형진은 지난번 사건을 해결하기 위해 집으로에서 특정 지역 배달료를 올리도록 했다.

집으로는 최대 주주인 노형진의 말을 거부할 수가 없었다.

더군다나 노형진의 말대로 이러한 문제는 한 번은 해결하고 가야 하기 때문에 실제로 해당 지역의 배달 가격을 올렸다.

대신 그 사건이 해결되고 나면 의뢰를 하나 들어주기로 약속하고 말이다.

"배달 앱은 빠르게 성장하고 있습니다. 저희 집으로 배달 앱의 경우는 노 변호사님이 이런저런 케어를 해 주셔서 그런지 자체 불만은 그다지 높지 않습니다. 문제는 배달입니다."

"배달이라고요?"

"네. 배달과 관련된 불안이 전체 CS의 80%거든요."

노형진의 질문에 집으로의 사장인 배경환은 긴 한숨을 쉬며 말했다.

"정확히는 CS의 80%는 배달과 관련된 불만이고, 10%는 식당과 관련된 불만, 나머지 10%는 앱과 우리 회사에 대한 불만입니다. 그러니 심각하게 생각할 것까진 없습니다만……."

"흠, 배달에 관련된 불만이 80%라……."

"솔직히 말씀드리겠습니다. 어차피 저희 대주주니까 아시기는 해야 할 겁니다. 그렇잖아도 다음 주주 회의에 이 안건이 나갈 예정이거든요."

주주 회의에서 이런 안건이 나올 정도라면 생각보다 문제가 크다는 소리다.

"거친 말이 나와도 양해 좀 해 주십시오. 배달하는 새끼들, 답이 없어요. 물론 배달부들을 무시하는 건 아니지만 어딜 가나 미꾸라지 한 마리가 하천을 흐린다고, 생양아치 새끼들이 이 바닥으로 들어오니까 문제가 됩니다."

배경환 사장은 짜증 난다는 듯 말했다.

그동안 쌓인 게 많았던 듯 거친 표현도 가리지 않았다.

"진입 장벽이 너무 낮은 게 문제입니다."

배달업은 진입 장벽이 사실상 없다고 봐도 무방하다.

오토바이만 몰 수 있으면 아무나 할 수 있기에 인성 교육이나 기타 교육은 전무하다.

"현재 가장 큰 문제는 음식물 빼먹기입니다. 두 번째가 배달 지연이고요."

음식물 빼먹기는 사람들이 가장 싫어하는 일임과 동시에 가장 흔하게 벌어지는 일이다.

치킨을 시켜도 빼먹고, 탕수육을 시켜도 빼먹는다.

어떤 놈들은 따로 보온통을 가지고 다니면서 빼돌린 치킨을 모아서 먹기도 한다.

"치킨이나 탕수육은 숫자라도 모르지요."

심지어 숫자가 확정되어 있는 식품인 초밥이나 도넛 같은 것도 빼먹는다.

"그러다 보니 며칠 전에 인터넷에서 사건이 터졌습니다."

"도넛 사건 말씀이시군요."

"아, 노 변호사님도 아십니까?"

"알죠. 한창 시끄러웠잖습니까?"

도넛 전문점에서 도넛을 배달시켰다.

그런데 배달시킨 건 열 개인데 도착한 건 일곱 개.

당연히 고객은 가게로 전화해서 항의했고, 가게에서는 사죄의 의미로 다섯 개를 보내 주기로 했다.

그런데 도착해서 보니 세 개.

분명 가게에서는 다섯 개를 보냈다고 했는데 말이다.

당연히 주문자는 재확인했고, 도넛 전문점 사장은 손해를 감수하고 세 개를 더 보냈다.

그런데 그 세 개가 대놓고 한입씩 먹은 상태로 배달되었다.

배달부가 빼먹은 걸 걸려서 욕먹자 짜증이 난다고 그런 짓을 해 버린 것이다.

그러자 인터넷에 글이 올라오고 난리가 났다.

"그 책임은 결국 도넛 전문점이 지게 되지요."

"현실적으로 배달부에게 책임을 물을 수는 없으니까요."

물론 따질 수는 있다.

엄밀하게 말하면 이건 배달부의 범죄행위가 맞기 때문이다.

하지만 따지게 되면 그때부터는 배달 업체들로부터 보복이 들어온다. 배달부들끼리 짜고 해당 업체의 배달을 거부하는 것이다.

현대의 문명에서 배달은 필수적인 요소가 되어 버렸다.

한국에서 가장 치열한 경쟁을 하는 곳 중 하나가 바로 요식업이다. 그런데 배달이 금지된다?

"답이 안 나오는 거지요."

요식업을 하는 식당 주인들 입장에서는 절대로 저항할 수 없는 일이었다.

"그렇다고 배달받는 고객이 고발할 수는 없고요."

엄밀하게 말하면 피해자는 요식업을 하는 식당 주인이지 배달받는 주문자가 아니다.

그래서 정작 그걸 배달받은 주문자는 피해를 입어도 뭐라고 할 수가 없다.

"두 번째는 배달 지연 불만입니다. 사실 80%의 불만 중에서 이게 한 90%는 차지할 겁니다."

"배달 지연은 어쩔 수 없지 않습니까? 사람들이 몰리는 시간에는 어쩔 수 없을 텐데요."

"그런 거라면 이해라도 합니다. 하지만 그런 문제가 아닙니다."

그렇게 배달이 지연되는 건 배달부가 아니라 식당의 한계 때문에 일어나는 것이니 어쩔 수 없다.

하지만 문제가 되는 진짜 배달 지연의 이유는 따로 있었다.

"묶음 배송이 문제입니다."

"묶음 배송요?"

"한 지역에 한꺼번에 배달하려고 하는 겁니다."

기본적으로 배달은 일대일 배송이 원칙이다. 그래야 바로 음식을 가져다줄 수 있기 때문이다.

하지만 돈에 눈먼 일부 배달부들은 A라는 지역으로 갈 일이 있으면 그쪽으로 가는 주문을 한꺼번에 묶어서 배달한다.

문제는 아무리 지역이 협소하다고 해도 당연히 시간이 배 이상으로 뛴다는 거다. 일단 가게마다 다 들러서 음식을 받은 뒤 또다시 가까운 집부터 가야 할 테니까.

"짜장면은 불어 터지고 탕은 차갑게 식고 맥주는 거품이 빠집니다. 치킨이나 탕수육 같은 튀김류는 눅눅해지고요. 불만이 안 나올 수가 없지요."

"흠."

"그렇게 해서 수익을 늘립니다. 물론 불법은 아닙니다. 하지만 이건 선을 넘은 짓이지요."

노형진은 배경환 사장의 말에 곰곰이 생각했다.

확실히 자신도 음식을 시켜 먹다 보면 종종 그런 경우가 있었다.

짬뽕을 시켰는데 도착한 건 짬뽕 죽이라거나, 출발했다고 알림이 왔는데 도착은 30분 후라거나.

'하긴, 과거랑 다르니까.'

과거의 '출발했어요.'라는 말은 손님이 음식을 취소하는 것을 막기 위해 하는 말이었지만, 지금은 진짜로 출발했다는 소리다. 이미 앱에서 결제된 건 취소가 힘드니까.

그런데 30분 후에 도착이라······.

"집으로는 그런 문제에 대해 대응하지 않은 겁니까? 대충 들어 봐도 문제가 많아 보이는데. 집으로가 배달 앱 업계에서는 절대적으로 갑 아닌가요?"

배달 앱 업계에서 70%의 지분을 가지고 있는 집으로라면 분명 그걸 견제할 수 있을 것 같았다.

그런데 못한다?

"저희도 시도는 했습니다. 하지만 애석하게도 이 업계에서는 배달하는 사람들이 절대적인 권력을 쥐고 있습니다."

"절대적인 권력요?"

"네. 배달을 거부하면 점유율 뒤집어지는 건 일도 아니라는 거죠."

"아, 그건 그렇겠군요. 어딜 가나 유통을 쥐고 있는 사람이 갑이니까요."

"그렇습니다. 사람들은 배달 앱인 저희가 유통을 쥐고 있다고 생각하지만 애석하게도 진짜 유통을 쥐고 있는 건 저희가 아닌 배달부들입니다."

배달 앱은 한두 개가 아니다.

당연히 특정 앱만 쓴다는 충성 고객은 기대하기 힘들다. 시스템도 그렇고, 앱에 무슨 감성이 있겠는가?

"배달부들이 뭉쳐서 배달을 거부해 버리면 저희가 철저하게 을이 됩니다."

"흠."

"더군다나 그런 배달부들을 쓰는 업자들도 거의 대부분은 한통속이라서요."

즉, 이쪽에서 그런 배달부들을 쓰지 말라고 수차례 요구하고 항의해도 배달 업자들은 들은 척도 안 한다는 것이었다.

"아시려나 모르겠지만 배달 앱은 점점 더 치열해져 갑니다. 조만간 대형 업체 세 곳에서 배달 서비스를 시작한다는 소문도 돌고 있고요."

"저도 알고 있습니다. 잘될지는 모르겠습니다만."

노형진은 그렇게 말하면서도 고민이 많았다.

'이 시스템도 확실히 고치긴 해야 하는데…….'

노형진이 이렇게 생각하는 이유는 간단하다.

배달 시장은 계속해서 커진다.

단순히 한국만의 이야기가 아니다.

미국과 같은 해외에도 배달 시장이 있는데, 코로나를 기점으로 말 그대로 폭발적으로 늘어난다.

'하지만 그 시스템이 제대로 만들어지지 않아.'

정부는 신흥 사업인 배달업에 대해 완전 방치 포지션을 취하고 있다.

그 때문에 통제가 안 되는 상황.

더군다나 배달 시장이 늘어나면서 온갖 업체들이 배달 앱 시장에 뛰어든다.

그리고 그게 배달부의 부족과 연결되면서, 결과적으로 배달부의 인건비 상승으로 이어진다.

'아무리 그래도 그렇지, 이런 식은 아니지.'

배달 하나 시키면 배달부에게 3천 원, 배달 앱에 3천 원.

6천 원이 따로 붙어 버린다.

그런데 배달 앱 경쟁이 치열해지자 배달료가 4천 원에서 5천 원까지로 오른다.

반면에 정작 음식을 만드는 사람들은 음식 하나 팔아서 남는 돈이 300원 이하.

비정상적인 구조가 되어 버리는 것이다.

그리고 결정적으로 새로 진입하는 배달 앱 업체들은 시스템을 만들고 중간에서 수익을 빼먹기를 원하지, 배달부들을 직접 관리하기를 원하지 않는다.

이유는 간단하다. 그렇게 되면 돈이 들어가니까.

임금을 줘야 하고 보험을 들어 줘야 하며 온갖 사후 서비스를 제공해야 한다.

하지만 지금은 그냥 시스템만 만들어 두고 중간에서 배송만 맡기면 돈을 빼먹을 수 있다.

그 과정에서 필요 비용은 어마어마하게 떨어진다.

"지역별로 배달 시스템을 만드는 건 생각해 보셨습니까?"

"물론 저희가 배달 앱 중에서는 규모가 크기는 합니다. 실제로 일부 시도는 해 보고 있고요."

집으로는 자체 배달 업체를 운영 중이다.

"하지만 영 쉽지 않습니다."

"어째서요?"

"임금 차이가 심하니까요."

자체적으로 인원을 보충해서 배달하는 경우 배달부가 가지고 가는 돈은 한 달에 대략 300에서 350만 원 선.

"그런데 배달 업체에서는 보통은 450만 원, 많게는 800만 원까지 가지고 갑니다."

"그렇게 차이가 납니까? 배달비에서 수익을 남기려고 임금을 낮췄나요?"

"그럴 리가요. 규정 문제입니다."

자체적으로 운영하는 배달 업체에서 일하는 배달부는 기본적으로 회사의 직원이다.

당연히 회사에서는 그 배달부에게 온갖 안전 규정을 지키도록 강요한다.

칼치기 금지, 신호 위반 금지, 묶음 배송 금지 등등.

"하지만 다른 배달 업체는 그게 아니죠."

"아, 하긴 저도 운전하다 보면 배달 오토바이 때문에 철렁한 게 한두 번이 아니지요."

신호도 무시하고 칼치기 하고 불법 유턴에 인도 주행까지.

"속도 차이가 심합니다. 특히 800만 원씩 가지고 가는 놈들은 무조건 묶음 배송이니까요."

그러지 않으면 그렇게 수익이 날 수가 없다.

"더군다나 그런 놈들은 보험도 안 들었습니다."

"보험을 안 든다고요?"

"네."

자동차보험처럼 오토바이 보험도 필수다.

하지만 보험료를 아끼기 위해 무보험으로 움직이는 배달부가 종종 있다.

"그걸 저희가 뭐라고 할 수가 없고요."

그들은 집으로 소속이 아니라 각 배달 업체 소속이다.

당연히 보험 가입 여부를 확인해야 하는 건 집으로가 아닌 각 배달 업체다.

"하지만 현 상황에서 시스템이 제대로 이루어진 곳은 오로지 저희 업체뿐입니다."

배달 업체는 오토바이만 가지고 오면 받아 준다.

배달 한 건당 수수료가 나오고 그걸 배달부와 나눠 먹는 시스템이니까.

많은 배달부가 곧 많은 돈을 의미하는 상황.

"집으로에서 할 수 있는 건 협조 요청뿐이구요."

"네. 그리고 뉴스에는 나가지 않지만 지속적으로 사고 소식이 들려오고 있습니다."

하긴, 하루에도 수십 건의 오토바이 사고가 나는데 그걸 뉴스에서 내보내 주지는 않을 것이다.

'그러고 보니 전에 그런 일이 있었지.'

노형진 차 바로 옆 차선에 정차된 차를, 배달부가 전속력으로 달려와 뒤에서 박아 버리는 걸 본 적이 있었다.

신호등에 걸려서 정차해 있던 차는 날벼락이 떨어진 셈이었다.

나중에 보니 그 배달부가 오토바이를 운전하면서 스마트폰을 들여다본 것이 원인이었다.

말도 안 된다고 할지도 모르지만 실제로 그런 사람들이 있다.

'그로 인해 선량한 사람들이 욕먹지만, 문제는 그런 사람

들의 비율을 무시할 수가 없다는 거지.'

새로운 사업은 제대로 된 규정이 없다.

당연히 주먹구구이고, 선점하는 놈이 임자다.

그래서 어떤 사업이든 새로운 사업이 뜨기 시작하면 초반
은 극히 혼란스럽다.

"다른 쪽으로 해결해 보려고 한 적은 없습니까?"

"없을 리가요. 저희 규모가 제법 큽니다."

집으로는 규모가 상당한 배달 앱 시스템이다.

당연히 정부에 관리에 관한 법률을 제정해 달라고 부탁하
기도 했다.

"그런데 그걸로 배달 업체 모임인 전국배달연맹에서 지랄
발광을 하더군요."

"지랄 발광요? 뭐, 그렇게까지야."

"진짜 지랄 발광이었습니다. 농담이 아니라요."

집으로에서 정부에 요구한 것은 배달할 사람에 대한 범죄
이력 조회와 업체 소속 오토바이의 보험 가입 필수화였다.

이 두 가지는 집으로 입장에서는 당연히 보장받아야 하는
것이었다.

일단 배달부는 사람들이 사는 곳을 계속 들락날락해야 한다.

때때로는 아파트 현관의 비밀번호를 알게 되는 경우도 있다.

그게 아니라 하더라도 요즘은 1인 가구가 늘어나는 추세
이기에 매일 스스로 챙겨 먹기 힘든 1인 가구의 특성상 배달

서비스 이용률이 올라갈 수밖에 없다.

그런데 배달부가 불량한 사람이라면?

자연히 배달 서비스 이용자는 범죄에 쉽게 노출되니 배달부의 범죄 이력 조회가 꼭 필요한 것이다.

그리고 보험은 당연한 거다.

배달하는 도중에 사고가 나서 배달부가 사망했는데 거기에 피해자가 있거나 배달부의 가족이 남겨져 생계를 걱정해야 하는 경우에 대비해야 하니까.

"그런데 그걸로 약자 탄압이라고 지랄 발광을 하더군요. 그때 찍은 사진입니다."

그렇게 말하며 핸드폰을 꺼내서 건네 보여 주는 배경환.

그걸 본 노형진은 왜 배경환이 지랄 발광이라고 표현했는지 알 것 같았다.

"이거, 본사 입구 아닙니까?"

"네. 이 새끼들이 음식물 쓰레기로 테러하더군요."

"돌겠구만."

식당에서는 당연히 음식물 쓰레기가 나온다.

그걸 배달 오토바이에 싣고 와서 본사 입구에 냅다 집어던지는 식으로 깽판을 친 것이다.

"미친 거 아닙니까?"

"미친 거죠. 청소? 청소야 저희가 하면 됩니다. 그런데 그 배달 오토바이는? 청소하겠습니까?"

물론 어느 정도 욕먹을 것은 각오하고 한 일이다.

사업을 하다 보면 적을 안 만들 수가 없으니까.

그런데 과연 이런 짓거리를 한 놈이 음식물 쓰레기를 담아 온 배달 오토바이를 깨끗하게 청소하고 나서 배달할까, 아니면 그냥 배달할까?

"저는 '그냥 배달한다'에 천만 원 걸 수 있습니다."

당연히 그 안에서는 세균이 발생할 테고, 그로 인해 식중독이 발생할 수도 있다.

"물론 저희한테 이런 짓거리를 한 것도 화납니다. 하지만 예상은 했습니다. 종종 이런 놈들이 있었거든요."

"네? 어째서요?"

"퇴출되는 놈들이 보통 이러더군요."

아무리 갑이 그들이라지만 선을 넘는 경우가 있다.

가령 범죄를 저지른 놈을 받아 준다거나 하면 배달 업체와는 거래를 끊을 수밖에 없다.

"그나저나 전국배달연맹이라……. 처음 들어 보는 곳이군요."

"배달 업체들이 손잡은 겁니다. 뭐, 아시지 않습니까? 일단 인간이 모이면 세력화하고 그 안에서 권력을 쥐려고 하는 거."

'집으로에 보복으로 배달 금지를 걸어 버릴 만한 곳이 있기는 하겠지. 그러니까 집으로도 방법이 없는 거고.'

그 배달연맹이라는 곳에서 배달 금지를 걸어 버리면 집으로가 가진 70%의 점유율은 아무런 의미가 없다.

"더군다나 그때 인권 단체들이 뭐라고 하더군요."

"거기에서 인권 단체가 왜 튀어나옵니까?"

"사회적 약자들에 대한 차별을 금지하라고요."

"사회적 약자요? 누가요?"

"누구겠습니까? 배달부들이지."

"하아, 그놈들은 아직도 머리가 쌍팔년도에 살고 있는 건지……."

물론 배달부들이 사회적 약자라는 말은 어느 정도는 맞다.

진입 장벽이 낮고 딱히 자격이라는 게 필요 없어서 누구나 쉽게 들어갈 수 있다 보니 사회적 약자들이 많이 선택하는 직업이니까.

더군다나 필요한 것은 오토바이 한 대뿐.

"하지만 진입 장벽이 낮다는 특성이 범죄자들도 쉽게 할 수 있다는 걸 뜻하기도 한다는 것은 생각하지 않더군요."

"자칭 사회단체들이 좀 그렇지요."

물론 사회적 약자를 보호하는 건 나쁜 게 아니다.

하지만 그들은 보호할 대상이 부패하고 썩어 가는 것에는 신경 쓰지 않는다.

썩어 문드러져서 퀴퀴한 시체 냄새가 가득해도 그들은 손도 못 대게 하는 데 열중할 뿐이다.

사회단체들은 언더 도그마에서 빠져나오지 못한다는 한계가 있으니까.

"그 결과 정치를 통해 뭔가를 바꾸는 건 힘들게 생겼습니다."

"그런데 말입니다."

노형진은 진지하게 말했다.

"솔직하게 말씀드리지요. 지금 상황에서 우리가 나서서 법을 바꾼다고 해서 뭐가 바뀌지요?"

"네?"

노형진의 말이 의외라는 듯 눈을 크게 뜨는 배경환.

'흠.'

"노 변호사님은 사회운동에 관심이 많지 않으셨나요?"

"네, 맞습니다. 하지만 동시에 집으로의 최대 주주이기도 하지요."

"그거야……."

노형진은 머리를 긁적거렸다.

'이거야 원, 배경환 사장이 좋은 사람이기는 한데 말이지.'

노형진이 배경환의 사장 취임에 동의한 건 그가 다른 사람보다 선량해서였다.

배달 앱의 한국에서의 수작질에 대해 이미 알고 있던 노형진이다.

외국계 배달 업체가 모든 배달 앱을 다 집어삼킨 후 그걸로 장난치고 소상공인들의 수익을 착취할 걸 알았기에 그들을 막기 위해 배달 앱을 만들었다.

외국계 배달 업체에서 노형진에게 지분을 팔라고 성화였

지만 노형진은 팔 생각이 없었다.

독점했을 때 그들이 무슨 수작질을 했는지 다 봤으니까.

그러나 그렇다고 해서 다 퍼 주는 호구가 될 생각 또한 없었다.

"엄밀하게 말하면 공익은 기업의 영역이 아닙니다. 물론 같이 살 수 있다면 그건 나쁜 건 아닙니다."

가령 이제 막 시작한 대룡택배의 경우는 함께할 수 있는 훌륭한 대안을 가지고 시작했다.

라진택배를 잡아먹고 시작한 대룡택배는 택배 기사들이 처한 불합리를 사람들에게 홍보하면서 착한 이미지로 활동 영역을 늘려 가고 있었다.

실제로 대룡택배에서 택배료를 1,200원으로 올리자 다른 업체들도 못해도 1천 원으로 수당을 올려 줘야 했다.

"그런데 말입니다, 이 경우는 애석하게도 같이 살 수가 없을 것 같네요."

"같이 살 수가 없다니요?"

"말씀하신 대로 배달 업체가 너무 많아요."

상생도 좋다. 하지만 그건 어디까지나 같이 살 방법이 있을 때나 가능한 것이다.

"현재 상황을 들어 보니 배달 업체들이 지역별로 난립해서 제각기 운영되는 데다 제대로 관리도 안 된다면서요?"

"그렇습니다."

"간혹 상생이 아니라 청소가 필요할 때가 있는 법이지요."

"청소라고 하시면……?"

배경환의 질문에 노형진은 그저 웃고 말았다.

'이번에는 내 욕심을 내 볼까? 후후후.'

"배달 시장을 모조리 잡아먹겠다고?"

"그래. 배달하는 업체를 모조리 집어삼킬 거야."

"아니, 그런데 그걸 왜 나한테 이야기하는데?"

노형진의 말에 오광훈은 시큰둥하게 말했다.

하지만 뒤이어 들리는 말에 귀를 팔랑거릴 수밖에 없었다.

"너도 슬슬 돈 좀 만져야 하지 않겠어?"

"응? 돈? 아니, 돈이야 뭐 남부럽지 않게……."

"그래서 하는 말이야. 지금까지는 괜찮았지. 하지만 나중을 생각해야지."

지금 오광훈의 계급은 부부장검사다. 평검사 바로 위라는 소리다.

"여기서 더 위로 올라가려면 결국 힘이 있어야 해."

"그러니까 뇌물 같은 거 말이야?"

"그게 아니라, 돈이 없으면 법이 안 굴러간다는 소리야. 이건 너뿐만 아니라 스타 검사 모두에게 제공하는 조건이고."

노형진이 회귀 이후에 왜 그렇게 돈을 벌었던가?

그냥 단순히 부자가 되고 재벌이 되고 싶어서?

그게 아니다. 돈이 없으면 돈에 정의가 지배당하기 때문이다.

당장 노형진이 아무리 날고뛰어도 만일 일반 변호사였다면, 그래서 금전적 보복을 할 수 없었다면 판사의 판결이 돈에 따라 개판이 되어도 찍소리도 못 하고 억울하다며 가슴만 두들기고 있었을 것이다.

"하지만 난 돈이 있지. 그리고 그 돈으로 더 많은 사람들을 쥐고 흔들 수 있어."

다만 그걸 하지 않을 뿐이다.

그러나 노형진이 보복할 힘을 가지고 있다는 건 다들 알고 있고 실제로 몇 번이나 보복이 이루어졌다.

"검사도 마찬가지야."

검사도 결국은 자신의 위치를 지킬 수 있을 정도의 돈이 필요하다.

"검사들이 68평 아파트에 살면서 람보르기니를 모는 걸 원치는 않는다 해도, 최소한 자기 자식에게 공부를 더 시키고 싶은 마음은 있겠지. 하지만 너도 알다시피 검사들의 월급이 아주 많은 건 아니거든."

물론 아주 적은 것도 아니다.

하지만 일반적으로 상류층의 삶을 유지하기 위해 필요한 충분한 금액은 아니다.

"싫든 좋든 검사는 유혹이 많이 들어오는 직업이야. 돈이 있다면 흔들리지 않겠지만, 그렇지 않다면 흔들리기 쉽겠지."

"하지만 스타 검사들은 그런 모습을 안 보이던데."

오광훈은 고개를 갸웃했다.

스타 검사들. 노형진이 키운 검사들이고 지금은 검찰 내부에서 주요 파벌로 성장 중인 사람들이다.

물론 그들이 기존 파벌보다 깨끗하기는 하다.

"상대적으로는 그렇겠지. 잘 생각해 봐. 지금까지 스타 검사 파벌은 비주류였어. 하지만 이제는 주류가 되고 있지. 그러면 달라붙는 파리들이 얼마나 많겠어?"

기존에는 돈을 주기는커녕 쳐 낼 생각만 했다.

하지만 이제는 주류가 된 사람들. 그들을 어떻게 포섭해야 할까?

"부패한 자들이, 세상이 바뀌었으니 우리도 바르게 살자고 할까, 아니면 더 많은 돈으로 포섭하자고 할까?"

"으음."

그 말에 오광훈은 부정할 수가 없었다.

노형진 말마따나 더 많은 돈으로 포섭하려고 하지 착하게 살 가능성은 없으니까.

"공무를 맡길 때 제일 멍청한 게 돈 조금 주면서 버티라고 하는 거야. 그게 깨끗한 거라고."

그런 식이면 공무원은 부패할 수밖에 없다.

당장 집에서 자식이 굶고 있는데 깨끗하게 살아야 한다고 버티는 사람이 얼마나 될까?

더군다나 자식의 공부는 단순히 투명의 문제가 아니다.

바로 자식의 미래다. 그런데 그걸 포기하고 이번 생을 헌신하라?

'미안하지만 그걸 받아들이는 인간도 병신이고.'

어딘가를 깨끗하게 하고 싶으면 충분한 보상을 기본적으로 제공하면서 그걸 어겼을 때 가혹한 처벌이 이루어져야 한다.

"그래서 내가 새론의 변호사들에게 투자 기회를 준 거고."

새론이 성장한 이유는 다른 곳보다 싼 수임료에 있다.

그렇다고 해서 변호사들이 거지냐?

아니다. 돈 자체는 다른 변호사들보다 더 많이 번다.

노형진이 마이스터를 통해 투자받아서 운영해 주기 때문이다.

"그리고 스타 검사들만 있는 게 아니잖아? 간웅들도 있잖아."

"아, 간웅들."

이권을 위해 이쪽으로 붙은 검사들.

애초에 그들은 정의로운 검사는 아니다. 뭔가 걸려서 잘리기 직전에 선빵 치고 살아남은 인간들이다.

"돈이 된다고 하면 뭐든 하려고 하겠지."

"하긴, 네 말이 맞네."

오광훈은 고개를 끄덕거렸다.

노형진의 말대로 이대로는 변절하는 사람이 나올 수밖에
없다.

"하지만 투자를 하게 되면 이야기는 달라지지."

투자해서 적지 않은 돈을 얻는다면 어지간한 뇌물이나 협
상에는 눈도 깜빡하지 않을 것이다.

그리고 이쪽에는 노형진이 있다.

만일 뇌물에 넘어갔다가 걸리면 투자 계약이 철회되는 건
당연하다.

사실 그것뿐이라면 문제가 안 될 것이다.

그들은 선을 넘는 순간 차라리 죽고 싶다고 할 정도로 적
을 몰아넣어서 몰락시키는 노형진의 모습을 수차례 봤다.

과연 돈도 충분한데 그걸 보고도 굳이 배신하려고 할까?

"그걸 내가 이야기하라는 거지?"

"맞아. 아무래도 내가 다 찾아다니면서 이야기하는 건 그
림이 안 좋으니까."

일단 같은 검사끼리 이야기하는 거야 문제가 안 된다.

투자처가 있다고 하는 것도 문제가 안 된다.

하지만 변호사가 붙으면 뇌물이나 기타 문제가 있을 수 있다.

"흠, 좋아. 그건 그렇다고 쳐. 그래서 투자처는? 설마 주
식을 하라고 하는 거야?"

"아니, 그건 아니야. 내가 투자하라고 할 곳은 배달업이야."

"배달?"

"그래. 배달업은 엄청나게 성장할 거야."

"배달 앱 말이야?"

"아니, 배달 앱이 아니라 배달업. 배달 그 자체."

노형진은 이참에 아예 배달 업체들을 모조리 묶어 버릴 생각이었다.

"그게 가능하다고? 한두 개가 아니잖아. 그걸 다 사려고?"

"내가 미쳤냐? 아무리 돈이 많다고 해도 그 돈을 길바닥에 버릴 생각은 없어."

만일 노형진이 합법적으로 그들의 기업을 인수한다면 어떤 일이 벌어질까?

안 봐도 뻔하다.

일단 비싼 값에 팔 거다. 그리고 새로운 업체를 열 거다.

동종 업종 금지 계약을 해도 의미는 없다.

다른 사람 명의로 해 버리면 그만이니까.

실제로도 그런 일은 자주 일어난다.

"그리고 내가 구입한 곳에서 배달부들을 싹 빼내 가겠지."

어차피 정규직도 아니고, 그렇다고 계약한 것도 아니다.

엄밀하게 말하면 배달부들은 시스템상 배달 업체에서 일하는 일용직에 가깝다.

"그러면 어떻게 되겠어?"

"모조리 빼 가서 새로 영업하겠네."

노형진은 당연히 껍데기만 비싼 돈을 주고 사는 꼴이 된다.

"그렇지. 그런데 내가 마냥 당하고만 있겠니?"

"그건 아니지. 오케이, 이해했어. 그러면 거기에서 우리가 나설 부분은……."

설마 노형진이 돈이 없어서 검사들에게 투자하라고 할까?

당연히 검사들에게 도움을 받기 위해서였다.

"배달부들 족쳐."

"응? 무슨 소리야? 야, 표적 수사는 안 돼!"

"다른 사람도 아닌 네가 그런 말을 하다니, 검사 다 되었구나."

"나 원래 검사였거든."

노형진은 발끈하는 오광훈에게 그냥 피식 웃고 말았다.

"내가 설마 표적 수사하라고 하겠니?"

"그러면?"

"간단해. 고발받은 대로 수사하라는 거야, 업무상배임으로."

"업무상배임?"

"배달하는 사람들이 음식 빼먹는 건 알지?"

"알지. 나도 한번 그러기에 아주 혼쭐을 내 줬지. 내가 치킨을 시켰는데 이 새끼가 배달하면서 다리를 다 처먹은 거 있지?"

처음에는 딱 잡아떼던 배달부는 오광훈이 검사 신분증을 흔들면서 '내일 검찰청에서 봅시다.'라고 하자 손이 발이 되도록 빌었다.

"다리 두 개? 헐, 선 넘었네."

"선 넘었지. 그런데 그거랑 업무상배임은 뭔 관계야?"

"사람들은 이런 경우에 절도에 해당된다고 생각하거든."

다른 이에게 소유권이 있는 물건을 몰래 훔치는 행위는, 처벌 조항에 따르면 6년 이하의 징역, 1천만 원 이하의 벌금이다.

그리고 애석하게도 이러한 절도죄는 거의 대부분 벌금이나 집행유예로 끝난다.

절도죄의 처벌 자체가 그다지 강하지 않은 데다가 고작 닭다리 하나 훔쳤다고 감옥에 보낼 수는 없으니까.

"그런데 이건 엄밀하게 말하면 절도가 아니야."

"응? 도둑질이 아니라고?"

"도둑질이 아니라서 절도가 아니라고. 절도의 조건에 부합되지 않아."

절도죄가 성립하기 위해서는 '남의 물건'을 훔쳐야 한다.

그런데 이 '남의 물건'이라는 조건 중 하나가 타인의 관리하에 있는 재물이어야 한다는 거다.

"배달하는 사람이 물건을 건네받는 순간 그 관리 권한 또한 넘겨받는 거지."

즉, 배달부가 관리하는 거라 절도죄의 성립 요건에 맞지 않아서 절도로 고발해 봐야 제대로 처벌되지도 않는다.

"이런 경우는 업무상횡령에 들어가."

이것이 법이다

업무상횡령.

업무와 관련해서 타인의 재물을 관리하는 자가 재물을 빼돌리거나 반환을 거부하는 것으로 성립된다.

"처먹은 닭 다리는 절대 못 돌려주지."

그리고 업무상횡령의 처벌은 기본적으로 단순 절도와 비교할 수가 없다.

업무상횡령은 10년 이하의 징역, 3천만 원 이하의 벌금이다.

"업무상횡령이라……. 단순 횡령이 아니고?"

업무상횡령에 비해 단순 횡령은 처벌이 절반으로, 5년 이하 징역 1,500만 원 이하 벌금이다.

"음식을 배달한다는 점에서 업무의 시작이지. 그리고 범률상 반복 행위를 업무로 보니까."

음식을 받아서 배달 지점으로 가지고 간다.

그건 한두 번이 아니라 지속적으로 발생하는 거다.

이런 경우는 빼도 박도 못하고 업무상횡령이다.

단순 횡령은 단발적으로 물건을 관리하던 사람이 돌려주지 않을 때 성립되는 거다.

"너도 알다시피 업무상횡령이 들어가면 처벌의 강도가 달라지지."

"그야 그렇지. 그런데 처벌이 강해진다고 해서 배달 업체들이 사라질까?"

"아니, 그건 아니야. 사실 업무상횡령이든 절도든 난 상관

없어."

"그러면?"

"내가 필요한 건 그들 그 자체야."

노형진은 눈을 번뜩거리면서 말했다.

"진입 장벽이 낮으면 파리가 꼬이는 법이지. 나는 그 파리
가 필요해."

그러나 그 말을 이해하지 못한 오광훈은 고개를 갸웃하면
서 노형진을 바라보는 것 말고는 할 수 있는 게 없었다.

이것이 법이다

파리가 필요해

　배경환이 말한 것처럼 이 사업은 돈도 많이 안 들고 부담도 없다.

　그래서 누구나 빠르게 시작할 수 있다.

　거기에다가 요즘은 내비게이션이 다 있어서 과거처럼 길을 외우거나 할 필요도 없다.

　"제 계획은 일단 수사를 시작하는 겁니다."

　노형진은 배경환에게 조용히 말했다.

　"우리보고 신고하라고요?"

　"그렇습니다. 현재 신고할 수 있는 곳은 집으로뿐입니다."

　손님은 권한이 없다. 소유권이 넘어간 게 아니니까.

　업주는 배달 업체를 신고하면 그들이 뭉쳐서 배달을 거부하기에 못 한다.

그러면 남는 건 배달을 중개하는 배달 앱 업체뿐이다.

"절도가 아니라 업무상배임, 횡령이라고요?"

"네. 절도라면 피해자가 직접 고소해야 하지만 업무상배임, 횡령은 배달 앱 업체도 가능합니다."

배달 앱 업체는 법률상 업무 관계자가 맞으니까.

그걸 신고할 자격도 있다.

더군다나 음식을 빼먹는 배달부의 경우 사람들은 어딘가에 항의할 수밖에 없다.

그 항의 대상은 당연히 배달 업체 아니면 배달 앱 업체다.

어차피 문제의 음식을 관리한 배달부의 소속이나 연락처는 알지 못하니까.

"그들에게 이야기해서 증거 사진을 얻어 내거나 할 수 있겠지요."

"하지만 그렇게 되면 배달부들이 배달을 거부할 겁니다."

"아, 물론 그러겠지요. 그냥 가만히만 있는다면 말입니다."

"네?"

"일단 검찰과는 이야기가 끝났습니다. 우리가 업무상배임으로 고소를 넣으면 수사를 진행할 겁니다."

"흠, 그래도……."

사실 절도나 업무상배임이나 결국 벌금이 나오는 건 마찬가지다. 음식 좀 훔쳐 먹었다고 해서 과연 구속될까?

이것이 법이다

"절대 안 되죠."

노형진도 그 부분은 인정했다.

아무리 노형진이라고 해도 고작 음식 조금 빼먹은 사람을 구속시킬 방법은 없다.

"그러면 배달부들이 저희 쪽 배달을 거부할 텐데요?"

"아, 거부하는 게 아니라 배달 자체를 못 하게 될 겁니다."

"네? 그게 무슨 말이지요?"

"그 오토바이를 압수할 거거든요."

"압수요?"

"네. 그 오토바이는 증거물이니까요."

수사가 시작되면 검찰은 그 오토바이를 증거로써 압수할 수 있다.

실제로 배달할 때 음식을 빼먹었다면 사건의 현장은 그 오토바이일 수밖에 없다.

그 음식을 어딘가에 있는 테이블에 자리 잡고서 느긋하게 먹었을 리는 없으니까.

"오토바이를 압수하면 배달부는 당연히 배달을 하지 못하게 됩니다."

배경환이 두려워하는 건 배달 업체의 경쟁에서 져서 점유율이 낮아지는 거지, 배달하다가 음식을 빼먹는 인간의 앞날이 아니다.

"하지만 속한 배달 업체가 문제인데요."

"그래서 제가 조언해 드리는 겁니다."

"조언이라고 하시면?"

"다짜고짜 그 사람을 신고하면 분명 생각하신 대로 그쪽에서 배달을 거부할 겁니다. 하지만 원래 모든 책임은 윗선에 있는 법이지요."

노형진은 조용히 배경환에게 말했다.

"처음은 저들이 모르게 평범하게 시작하면 됩니다. 아주 조용히 말이지요."

⚖️

나이트라이더.

원래는 미국 드라마의 제목이었지만 지금은 서울에 있는 배달 업체의 이름이다.

"이름 참 잘 짓지 않았냐?"

나이트라이더의 사장인 고만진은 키득거리면서 웃었다.

"야식 배달 전문 업체 나이트라이더. 캬, 멋지다."

"아, 형. 그놈의 자화자찬은 그만하고 뭐라도 좀 해 봐."

옆에 있던 동생은 자화자찬하는 형에게 짜증을 부렸다.

"뭔데?"

"집으로야. 또 지랄하네."

"뭔 지랄?"

"음식 빼먹는 것 좀 막으라는데?"

"씨팔, 그걸 날보고 어쩌라고."

고만진은 눈을 찡그리면서 손가락을 까딱거렸다.

"나한테 돌려."

그렇게 전화를 넘겨받은 고만진은 수화기에서 들려오는 목소리에 버럭 화부터 냈다.

－사장님, 여기 집으로 본사인데요. 배달하는 치킨을 빼먹었다는 항의가 또 들어왔거든요.

"우린 안 빼먹는다니까요! 내가 몇 번이나 교육했습니다!"

－하지만 고객님이 사진까지 첨부해서 항의하셨어요. 이러면 피해는 업체 쪽이 다 받게 돼요.

항의할 때 배달 업체 항의란은 없다.

당연히 배달하는 식당 쪽에 항의하게 되는데, 그런 경우 별점 하락 등으로 인한 피해는 배달 업체가 아닌 식당 쪽이 보게 된다.

"아니, 그러니까 아무리 말을 해도 배달하는 놈이 몰래 처먹는 걸 나보고 어쩌란 말입니까? 그리고 아닌 말로, 고객이 한입 먹고 사진 찍어서 올리는 건지 어떻게 알아요?"

－사장님, 고객님이 그러실 이유는 없죠.

"새 치킨을 받고 싶은가 보죠."

－한입 먹고요? 그만큼 시간이 더 걸릴 텐데?

"저한테 따지지 마시라고요. 저도 최선을 다해서 애들을 교육합니다. 그런데 제 말을 안 듣는 걸 어쩝니까? 애초에 직원도 아닌데."

─자꾸 이러시면 저희가 곤란해요.

"저도 자꾸 이러면 거기 배달 안 받습니다."

─하여간 그 사람한테 뭐라고 좀 하세요. 한두 번도 아니고 사장님 지역에서 하루에 몇 번씩…….

"네 네, 알겠습니다. 제가 교육시킬게요."

대충 통화를 마친 고만진은 전화를 끊어 버렸다. 그리고 눈을 찡그렸다.

때마침 문이 열리면서 배달하러 나갔던 배달부가 안으로 들어오는 게 보였기 때문이다.

"양규야, 너 배달하던 치킨 처먹었냐?"

"네? 아, 뭐, 좀."

"야, 먹지 좀 말라니까. 벌써 몇 번째야? 그리고 먹을 거면 안 걸리게 가슴살이나 좀 처먹든가."

"아니, 가슴살은 뻑뻑해서 싫은데 어떻게 해요? 저는 확고한 다리 파입니다."

"아니, 다리고 뭐고 걸리지를 말라니까. 고작 두 개 있는 걸 처먹으니까 자꾸 걸리지. 다른 애들은 안 걸리는데 너만 자꾸 걸리잖아."

"뭐, 지들이 어쩔 거예요?"

양규는 소파에 몸을 던지며 말했다.

"싫으면 지들이 배달하든가."

"하여간 말 더럽게도 안 들어."

"또 뭐라고 해요?"

"교육 좀 똑바로 하래."

"아나, 씨발. 집으로 새끼들이지요?"

"어."

그 말에 양규는 눈을 찡그렸다.

그럴 수밖에 없는 게, 하루에도 몇 번씩 전화하면서 난장판을 벌이고 있었으니까.

"장난하나? 작작 좀 해야지. 다른 애들은 안 그러는데 왜 그 새끼들만 그 지랄이래?"

"그 새끼들이 70%를 점유하고 있잖아. 거의 독점이니까 이 지랄이지, 뭐. 하여간 독점은 안 좋은 거야."

"다른 곳이랑 손잡고 지랄 한번 해 주면 안 돼요? 배달의 만족하고 저기요는 그러고 나니까 입 닥치고 있잖아요. 알아서 커트하면 되는 거지, 뭘 계속 전화질이야?"

"배달의만족하고 저기요는 둘이 합해서 30%밖에 더 되냐? 집으로가 있으니까 찍소리 못 하는 거지. 그런데 집으로 애들이 요즘 심해지기는 했어."

전에는 하루에 많아 봐야 한 번 정도였다.

그러나 요 근래 들어서 누가 빼먹었다는 소리만 나오면 무조건 전화해서 항의하고 있었다.

"그렇잖아도 배달연맹에서 한 소리 나오더라고요, 요즘 너무 쪼아 댄다고."

"역시 한번 지랄해 줘야 하는데. 이야기해서 한 일주일쯤 배달을 하지 말아 볼까?"

"그것도 방법이기는 하죠. 그 뭐냐, 택배도 배달 금지 거니까 그쪽 아파트에서 두 손 두 발 다 들고 항복했잖아요."

"아, 그랬다더라. 한번 지랄해 보자고 건의를 올려야 하나?"

이래 봬도 고만진은 배달연맹에서 이사의 지위를 가지고 있다.

그가 원하면 분위기를 선동해서 배달 앱 업체 하나 작살내는 것은 어려운 일이 아니었다.

"그러면 배달의만족 쪽에다가 이야기해서 협조 좀 받아 봐요."

동생의 말에 고만진은 힐끔 돌아보며 물었다.

"뭔 소리야?"

"솔직히 그쪽도 점유율 높이고 싶어서 난리잖아요. 살짝 그쪽이랑 파업한다고 흘리고 우리 좀 챙겨 달라고 해 봐요. 그러면 배달의만족에서 좀 쥐여 주지 않을까요?"

"오! 그 수가 있었네. 역시 우리 동생은 내 제갈량이라니까! 껄껄껄."

그렇잖아도 점점 늘어나는 집으로의 항의에 한번 혼쭐을 내 줘야겠다고 생각하던 고만진은 욕심으로 눈을 번득거렸다.

"얼마나 달라고 해야 하려나?"

이것이 삶이다

"뭐, 전체적으로 파업한다고 하면 이사진급에게는 큰 거한 장씩은 줘야 하지 않겠어요?"

"그렇지? 허허허."

"형님, 만일 그거 받으면 뽀찌 좀 줘요."

"내가 내 제갈량을 안 챙기면 누가 챙기겠어? 걱정하지 말어. 내가 두둑하게 챙겨 줄게."

고만진은 이때까지만 해도 집으로를 혼쭐내 주고 배달의만 족과 저기요 측에게서 돈을 받아 챙길 생각에 미소를 지었다.

하지만 계획을 실행에 옮기기 직전 노형진이 먼저 움직일 거라고는, 그는 예상도 못 했다.

"장양규 씨?"

"네?"

이틀 뒤. 장양규는 언제나처럼 출근해서 배달 준비를 하고 있었다.

그런 장양규에게 다가오는 남자들.

그들은 그에게 확인하듯 물었다.

"장양규 씨 맞습니까?"

"맞습니다. 그런데요?"

"당신을 여든여섯 건의 업무상횡령 혐의로 체포합니다."

"자, 잠깐만요. 업무상횡령이라니, 무슨 말이에요!"

"당신은 몇 달에 걸쳐서 배달하는 음식물을 절취하는 수법을 쓰셨지요?"

"아니에요!"

"아니긴 뭐가 아닙니까? 그 관련 기록이 다 남아 있습니다."

그 말대로, 집으로에는 사람들이 항의한 글과 통화 기록이 모두 잘 보관되어 있었다.

"치킨에 탕수육에 돈가스에, 아주 그냥 대놓고 처드셨네."

기록을 확인하면서 한 남자가 혀를 끌끌 찼다. 바로 오광훈이었다.

그걸 본 장양규는 몸부림을 쳤다.

"난 모른다고!"

"아, 그건 뭐 감옥에 가서 판단하시고."

그러면서 오광훈은 장양규에게 다가갔다.

"같이 걸어서 가실래요? 아니면 수갑에 채워져서 질질 끌려가실래요?"

"사장님, 이것 좀……! 아놔, 이것 좀 어떻게 해 봐요!"

"저기요, 무슨 오해가 있나 본데……."

장양규가 끌려 나가는 모습을 보던 고만진은 다급하게 끼어들었다.

"성함이?"

"고만진입니다."

이름을 들은 오광훈은 씨익 웃으며 말했다.

"아, 고만진 씨. 그렇잖아도 영장이 나와 있었습니다."

"영장? 잠깐, 영장이라니요? 무슨 영장요?"

"그동안 수차례 집으로에서 횡령을 막아 달라고 요청했는데도 막지 않으셨네요?"

그 말에 고만진은 움찔했다. 왠지 불안한 느낌이 그를 덮쳤다.

"제가 그걸 어떻게 막아요?"

"못 막는 게 이상한 거 아닌가? 여기 사업주시잖아요? 더군다나 직원도 아니고 일용직 아닌가요?"

일용직으로 일하는 배달부는 자르면 그만이다.

"그런데 집으로에서 수십 차례 경고했음에도 불구하고 굳이 그런 사람들을 계속 쓰셨지요."

"그거야……."

배달은 한 명당 인건비가 나온다.

당연하게도 배달부가 음식을 빼먹든 그걸 개판으로 뒤섞어서 가져다주든, 데리고 있는 것만으로도 충분히 돈이 된다.

그래서 무시한 것이다. 돈을 벌어야 하니까.

하지만 그게 실수였다.

"고만진 씨, 당신을 업무상횡령의 공범으로 체포합니다."

"고, 공범이라니요? 공범이라니요?"

수사관들이 수갑을 들고 다가오자 고만진은 다급하게 물러나면서 저항하려고 했다.

하지만 이미 영장이 나온 상황에서 그가 할 수 있는 건 없었다.

"아니, 치킨 다리 몇 개 빼먹었다고 이게 뭐 하는 짓이야!"

"치킨 다리가 아니라 껌 하나를 빼먹었어도 업무상횡령이야."

실제로 단돈 몇십 원 빈다고 해서 고발당한 버스 기사들에게 벌금형을 내리는 게 바로 법원이다.

누군가는 별거 아니라고 무시할지 모르지만 그 법이 힘이 있는 사람을 위해 움직이기 시작하면 단돈 1원도 어마어마한 처벌로 돌아오게 된다.

"그리고 현 시간부로 컴퓨터랑 장양규 씨 오토바이를 증거로 압류하겠습니다."

"뭐요?"

"컴퓨터는 안 돼! 컴퓨터는 안 돼!"

그 말에 고만진은 몸부림치기 시작했다.

그가 절박해질 수밖에 없는 게, 컴퓨터가 있어야 배달 주문을 받아서 각 배달부에게 분류하기 때문이다. 전화만으로 하나씩 하는 건 불가능하다.

"어? 뭐야?"

"일이 어떻게 되어 가는 거여?"

이 상황이 이해가 가지 않았던 다른 배달부들은 어쩔 줄 몰라 했다.

하지만 한 가지는 확실했다.

"오늘부터 당분간 여기는 영업 못 합니다."

"영업 못 한다고?"

"갑자기?"

"네, 당분간은 다른 영업점에서 배달하셔야 할 겁니다."

"아니, 갑자기 그렇게 하라고 말해도……."

머리를 긁적거리는 배달부들.

하지만 이내 그들은 포기한 듯 고개를 흔들며 다른 곳으로 향했다.

그들은 업체에 대한 충성심이 없다.

하물며 눈앞에서 사장이 끌려 나가는 걸 봐 놓고 굳이 검사와 싸워 가면서까지 나이트라이더에서 일할 이유는 없었다.

"아니야! 아니라고!"

절규하며 몸부림치는 고만진.

정말로 컴퓨터가 압수당하면 영업이 불가능해지기 때문이다. 그 안에 모든 연락처와 자료가 저장되어 있으니까.

"안 돼!"

"안 되긴 뭐가 안 돼? 모조리 다 꺼내 와."

"잠깐, 이건 불법이야!"

"검사한테 불법을 왜 따져?"

오광훈은 눈도 깜짝 안 했고, 고만진은 해체당해서 나오는 컴퓨터를 보고 몸부림치면서 끌려 나가는 것 말고는 할 수 있는 게 없었다.

나이트라이더가 털리고 하루도 지나지 않아 고만진과 그 일당은 풀려났다.

아무리 법원이라고 해도 고작 치킨 몇 조각 가지고 구속영장을 발부해 줄 수는 없으니까.

하지만 증거로 제출된 컴퓨터와 오토바이를 검찰에서 가지고 가서 영업을 할 수가 없었다.

"고만진이 다른 배달 업체들을 선동하고 있습니다."

배경환은 떨떠름하게 말했다.

"나오자마자 연락을 돌리고 같이 모여서 쑥떡거리더군요. 조만간 배달 업체들이 저희를 거부할 겁니다."

배경환은 걱정스러운 얼굴이었다.

자신들이 그들을 건드리지 못하는 가장 큰 이유, 바로 배달 거부가 현실화된 것이다.

"걱정하지 마세요. 제가 미리 업체를 준비해 놨으니까요."

"업체요?"

"네, 신속의기수라고, 배달을 전문으로 하는 전국 체인입니다."

"전국 체인요? 거기에서 배달을 다 커버하시려고요?"

"당분간은 아니죠."

아무리 노형진이라고 해도 그건 불가능하다.

전국의 하루 배달 주문량만 해도 얼마나 많은데 이제 막 생긴 배달 전문 업체가 그걸 다 커버하겠는가?

솔직히 배달 전문 업체를 발족하기는 했지만 현재 상황으로는 전국 체인이라는 것 말고는 다른 업체들과 차별점도 없다.

"하지만 이제 차별점을 만들 겁니다."

"차별점이라고 하시면?"

"오늘 자 신문입니다."

노형진은 그렇게 말하면서 신문을 건넸다.

그걸 본 배경환은 깜짝 놀랐다.

"사설이……."

"사설은 말 그대로 주필의 개인적인 의견입니다. 하지만 틀린 말은 또 아니거든요. 떡밥을 던져 주면 기자들이 그걸 물어뜯는 법이니까요."

어떤 주필의 사설에서 이런 이야기를 하고 있었다.

모든 단체는 범죄자들을 사회에서 격리하기 위해 노력한다.

이는 구성원이 안전하게 생활할 수 있는 여건을 갖추기 위한 의무로, 회사 또한 이 의무에서 예외일 수 없다.

일례로, 최근 택배 업계는 기본적으로 근무자들의 범죄 이력을 확인하게 되었다.

하지만 배달 업계는 단 한 번도 근무자들에 대한 범죄 이력 조회나 상담 등을 한 적이 없다.

이를 외면하면 성범죄자들이 혼자 사는 여성의 집으로 배달하러 가서 기회를 노리거나, 절도범들이 배달 과정에서 아파트 현관의 번호 등을 알아낼 수도 있는데도 말이다.

특히나 배달 업종은 진입 장벽이 없기에 재범 가능성이 높은 범죄자들 또한 쉽게 취업이 가능하며……

신문을 보면서 배경환은 움찔했다.

"대놓고 이런 이야기를 해도 됩니까?"

"사설이니까요."

만일 언론사에서 직접 이런 이야기를 퍼 나르면서 계속 범죄자 출신은 쓰지 말라고 하면 분명 인권 단체들이 가만히 있지 않는다.

"하지만 사설이라는 건 기본적으로 해당 언론사의 입장과는 거리가 있거든요."

물론 사설을 올리는 논설위원들을 발족할 때 자기네 성향에 맞는 사람들을 선택하기 때문에 기본적인 논조 자체는 비슷하게 갈 수밖에 없지만, 사설을 올리는 논설의원들의 말은 신문사와는 아무런 관련도 없다.

"그리고 우리의 고발로 배달 업체들이 지금 조사받고 있습니다. 그 안에 전과자 출신이 과연 얼마나 될까요?"

"글쎄요……. 하지만 적지는 않을 것 같기는 하네요."

확실히 전과자 출신이 갈 만한 직장에는 한계가 있다.

요즘은 대부분의 업체들에서 다 기본적인 신분 조회는 하니까.

"하지만 그러면 인권 단체들이 뭐라고 하지 않나요?"

"뭐라고 하는 단체들이 있을 수는 있지요. 하지만 그런 단체들에 어떤 꼬리표가 붙을까요?"

아마도 강간범 보호자, 그리고 범죄자 양성소 같은 이름이 붙을 것이다.

"실제로 범죄자들을 편들어 주는 인권 단체가 없는 건 아닙니다. 하지만 대부분은 조용히 활동하지요."

범죄자의 인권을 지키는 것은 다른 기본권을 보호하는 것과 많이 다르다.

인종차별이나 장애인 차별처럼 타고난 것, 그래서 선택할 수 없는 것에 대한 차별이 아니라 사회적으로 해서는 안 되는 것, 그리고 그걸 어긴 것에 대한 차별이다.

즉, 아무리 실드를 치고 싶어도 기껏 할 수 있는 건 사회적으로 코너에 몰려서 어쩔 수 없었다는 말이 사실상 유일한 변명이다.

"그런데 말입니다, 강간이나 아동 성범죄 같은 경우는 코너에 몰려서 저지르는 범죄가 아니거든요."

노형진이 그래서 그 논설위원에게 해당 범죄를 특정하라고 한 것이다.

"배가 고파서 한 범죄다, 그건 사실상 절도가 한계입니다.

아무리 좋게 봐줘도 업무상횡령? 그 정도고요."

폭행이나 사기 그리고 성범죄는 철저하게 자기가 선택하는 범죄이지, 힘든 사회생활과 불우한 가정환경하고는 아무래도 거리가 있다.

"지금 오광훈을 비롯해서 검사들이 그렇게 범죄 가능성이 있는 배달부들을 조지고 있으니까 조만간 그게 뉴스에 나갈 겁니다."

"조사받는 사람들이 다 범죄자인 건 아니지 않습니까?"

"그건 맞습니다. 하지만 범죄자일 가능성이 아주 높지요."

기본적으로 배달하는 음식을 빼먹는 건 양심에 관련된 행위다.

정상적인 판단을 할 수 있는 사람이라면 당연히 그걸 빼먹을 생각을 하지 않는다.

"사람은 사소한 것 하나로도 판단할 수 있다고 하지요. 어떤 사업가는 사업 파트너를 결정할 때 식당 종업원에게 실수를 하도록 부탁한다고 합니다."

그렇게 실수했을 때 파트너가 될 사람이 과도하게 예민하게 반응하거나 종업원을 무시하면 커트하는 것이다.

"실제로 그러한 행동은 충분히 사람들을 거를 수 있게 도움을 주고 있고요."

종업원이 실수한 것에 대해서도 사람의 대응이 달라지는데 하물며 자신이 배달하는 음식에 손대고 몰래 빼먹는다?

"정상적인 판단을 하는 사람은 아니지요."

"아하!"

진짜 범죄자는 아닐 수도 있지만 범죄자일 가능성은 높아질 수밖에 없다.

"그리고 얼마 후에 이 소식이 뉴스로 나갈 겁니다."

슬슬 사설로 떡밥을 던졌으니 기자들이 관심을 가질 것이다.

그게 아니라고 해도 이런 사건을 기사화하는 건 노형진에게 어려운 일이 아니었다.

"그리고 그때 제가 만든 신속의기수가 나설 겁니다."

신속의기수는 다른 업체들과는 다른 운영 방식을 선택한다.

"신속의기수는 다른 곳과 다르게 취업 과정에서 범죄 이력을 조회합니다."

범죄 이력 조회는 당사자만 동의하면 어렵지 않게 할 수 있다.

"하지만 그걸 국민들이 알아주지 않잖아요?"

"이제 알 겁니다."

노형진은 확실하게 말했다.

"광고할 거거든요. 현대 광고의 기본 전략 중 하나가 바로 공포 마케팅이지요."

그리고 그 공포 마케팅을, 노형진은 제대로 써먹을 생각이었다.

배달부 사이에 범죄자 출신 생각보다 많아

검찰, 배달부들에 대한 집중 단속. 업무상횡령 처벌 발표

검찰, 아동 성범죄자가 아동이 있는 집으로 수백 차례 배달 사실
밝혀

"이게 뭐야?"

갑자기 늘어난 기사에 전국 배달 업체들은 난리가 났다.

뜬금없이 배달부들의 과거 행적에 대해 조사하고 그에 대
해 주의를 내리는 검찰의 행동 때문이었다.

그들은 검찰이 설마 신속의기수에 투자했을 거라고는 생
각도 못 했다.

공직에 있는 사람이 겸직하는 것은 불법이지만 투자하는
것은 합법이다.

당연히 그들은 투자를 선택했고, 신속의기수가 성장하도
록 도와주기 시작했다.

그것도 아주 합법적으로 말이다.

배달부들 사이에 있는 전과자들을 찾아내서 경고하기 시
작한 것이다.

"장양규 이 개새끼야! 너 강간범이었어?"

"그게 몇 년 전 이야기인데요! 실수였다고요!"

"실수? 씨발. 이게 실수로 될 말이냐!"

장양규는 전과자였다, 그것도 강간 전과 2범.

당연히 그 전과로는 어디서 일을 못 하니 배달 업계로 흘러들어 온 것이다.

그건 어쩔 수가 없는 현실이었다.

직업을 무시하는 게 아니라, 배달부라는 직업 자체가 사회적으로 그다지 인정되는 직업이 아니라는 것에서 발생하는 문제였다.

과거에는 배달하는 사람들을 짱깨라고 부르며 무시하곤 했다.

일단 배달업 자체가 중국집에서 가장 활발하게 이용됐으니까.

더군다나 업종 자체가 못 배워도 할 수 있는 일이고, 과거에는 먹고 자는 것까지 해결해 주는 중국집이 많았다.

방 형태의 공간에 낮에는 상을 놓고 영업하다가 밤에는 치우고 방으로 쓰는 것이다.

물론 지금은 배달 업계의 학력이 생각보다 높아졌다.

일단 중소기업 등에 비해 수익이 더 많은 데다가 짧고 굵게 벌 수 있는지라 대학에 다니는 학생들이나 군대에서 제대한 예비 복학생들이 등록금을 벌기 위해 하는 경우도 많다.

그러나 과거의 이미지가 여전히 남아 있어 알게 모르게 그러한 배달부들을 무시하는 풍조가 만연한 상황에서, 업계에

끼어든 범죄자들의 존재는 기존 배달부들의 이미지를 더더욱 추락시키는 데 일조했다.

"한두 놈이 아니야."

더군다나 검찰에서 제대로 작정하고 털기 시작하자 과거의 범죄 기록뿐만 아니라 학교 폭력 등 학창 시절의 행위도 문제가 되어 도마에 올랐다.

"너 이 새끼, 내일부터 나오지 마."

"이런 씨발. 내가 여기 아니면 갈 데가 없을 것 같아?"

고만진이 화내자 도리어 장양규는 발끈했다.

실제로 갈 데가 없는 건 아니다.

다른 곳에서도 몇 번 잘렸지만 언제나 자리를 구할 수 있었다. 도시만 옮기면 수십 개의 배달 업체들이 있기 때문이다.

"이런 개 같은 새끼! 꺼져!"

"웃기네, 배달부도 없는 새끼가."

장양규는 고만진에게 가운뎃손가락을 세우면서 화내고는 밖으로 나갔다.

뒤에 남은 고만진은 머리를 부여잡았다.

"이런 씨발. 아우, 저런 새끼를 내가 왜 데리고 있었지?"

업무상배임의 공범으로 조사받고 나자 고만진은 억울해서 속이 뒤집어졌다.

물론 변호사가 이 경우는 민사적 문제는 될 수 있을지언정 공범으로 보기는 힘드니 관리 책임으로 인한 손해배상 정도만 하면 될 거고, 그마저도 얼마 안 될 거라고 하긴 했다.

하지만 그게 무슨 의미가 있겠는가? 이미 압수된 컴퓨터로 인해 상당한 시간 동안 영업을 못 했고 이곳을 이용하던 식당들은 죄다 다른 업체로 넘어갔다.

"형님, 이렇게 된 거 방법 없습니다. 더 당하실 거예요?"

"그래, 연맹에 이야기해서 한번 뒤집어 버리자. 집으로 이 개새끼들, 우리가 그냥 조용히 있으니까 병신인 줄 아는가 본데."

당한 것은 고만진만이 아니었다.

그 말고도 많은 사람들이 조사받았고 컴퓨터를 압류당했다.

그나마 그런 문제를 일으키는 놈들을 일찌감치 자른 곳은 괜찮았지만 애석하게도 그런 곳은 거의 없었다.

"동생, 연맹에 전화 돌려. 당장 내일부터 집으로 배달 앱 무조건 거부다."

고만진이 막 다른 곳에 전화하려고 하려는 찰나, 동생의 시선이 어딘가로 향했다.

"야! 뭐 해? 당장 전화해서 배달 금지 걸어 버리라니까!"

"어, 형님. 이거 좀 보셔야겠는데요?"

"아, 씨발. 또 뭔데?"

고만진은 자기를 부르는 동생의 말에 짜증스럽게 다가갔다.

모니터에는 어떤 광고가 떠 있었다.

−범죄 이력 조회를 하는 유일한 배달 기업! 신속의기수

"뭐, 뭐야, 이건?"

인터넷상의 광고였다.

그런데 그 내용이 심상치 않았다.

"범죄 이력 조회를 하는 유일한 기업? 이게 뭔 개소리야?"

그 광고를 다급하게 클릭하는 고만진.

그러자 자연스럽게 창 광고에서 광고 사이트로 넘어갔다.

−신속의기수는 여러분의 자택으로 안전을 배달합니다. 묶음 배송이 아닌 일대일 배달 서비스 그리고 배달 실명제. 댁에서 안전하게 식사하세요. 신속의기수는 유일하게 배달부의 범죄 이력 조회를 하는 배달 업체입니다.

"이게 무슨……."

물론 틀린 말은 아니다.

배달 업체에서 범죄 기록 조회를 하지는 않으니까.

"이게 뭔 개 같은 소리야!"

그러나 고만진은 소리를 버럭 지를 수밖에 없었다.

"모 기업에서 카세인산나트륨을 뺀 커피라고 홍보했지요.

그런데 그건 말장난입니다. MSG가 나쁘다는 거랑 똑같은 거죠."

그 기업의 커피에 대한 홍보를 들어 보면 카세인산나트륨이라는 해로운 인공 화합물을 빼서 안전한 음식을 만들었다는 것처럼 들리지만, 사실 카세인산나트륨은 건강에 아무런 피해도 주지 않는 물질이다.

이미 케첩에서부터 우유까지 많은 식품에 사용되고 있는 물질로, 대부분 단백질로 이루어져 있다.

굳이 몸에 좋고 나쁨을 따지자면 좋은 쪽에 좀 더 가까운 물질인 것이다.

"하지만 그 회사는 그 방법으로 점유율을 어마어마하게 올렸습니다."

마치 카세인산나트륨이 들어가면 죽는 것처럼 공포 마케팅을 했고, 사람들은 그걸 믿고 그 우유를 사 먹었다.

"하지만 말장난인 거죠."

자연계에도 존재하는 MSG를 마치 화학약품처럼 묘사한 방송국처럼, 자사의 매출을 위해 카세인산나트륨에 대한 정보를 조작해 홍보한 그 회사는 결국 허위 광고로 처벌받았다.

하지만 그때는 이미 사람들이 카세인산나트륨은 몸에 나쁜 것이라고 인식하기 시작한 시점이었고, 해당 기업은 막대한 돈을 들여서 허위 광고로 처벌받은 걸 감춰 버렸다.

"실제로 많은 사람들이 여전히 카세인산나트륨이 나쁘다고 생각합니다."

"그걸 이용하시는 거군요."

"네."

그렇잖아도 뉴스에서 연신 범죄자들이 배달 업계로 넘어간다는 보도를 계속하고 있다.

언론에서도 그 문제를 따지자 자연스럽게 정치계에서도 특정 범죄자들의 취업 제한 사항에 배달을 넣어야 하느냐에 대해 논한다는 뉴스도 나오고 있다.

그리고 실제로 배달부에 의한 범죄가 없는 것도 아니었다.

바르게 일하려는 게 아니라 그냥 어쩌다 보니 취직한 놈들은 크게 한탕 하고 튈 생각만 하니까.

물론 지금까지는 그런 뉴스가 나가지 않았지만 이슈가 되기 시작하자 발굴되어 다시 보도되고 있었다.

"사람들은 지금 배달부에 대한 걱정을 하고 있습니다. 특히나 여성이나 아이가 있는 집은 더더욱 그러겠지요."

"으음, 그런데 그 부분은 저희가 어떻게 해 드릴 수가 없지 않습니까?"

노형진의 말에 배경환은 떨떠름하게 말했다.

"배달 업체를 고르는 건 저희가 아닙니다만."

물론 자체 배달하는 경우 자기네 사람들을 보내기는 하지만, 기본적으로 배달을 부르는 곳은 식당이다.

식당에서 주문하면 미리 이야기가 되어 있는 배달 업체에 자동으로 연락이 가서 배달부를 보내 주는 시스템이다.

"선택권을 식당이 아니라 고객에게 주면 됩니다."

"선택권요? 잠깐, 배달 업체를 선택하게 하라고요? 아니, 그건 좀 그런데요."

현실적으로 배달 업체가 한두 곳이 아니다.

더군다나 전국 체인 배달 업체는 없다.

즉, 지역별로 선택지를 다 따로 둬야 한다는 거다.

"제가 알기로는 그게 불가능하지는 않을 텐데요?"

"아니, 불가능하지는 않지요."

애초에 지역별로 다르게 뜨는 것은 배달 앱의 기본 성능이다. 강원도에서 서울 음식점에 배달시킬 수는 없으니까.

그걸 좀 더 확장하면 되는 일이다.

"광고의 효과는 절대적이지요. 광고를 왜 합니까? 그만큼 효과가 있기 때문입니다."

지금 신속의기수의 광고는 인터넷뿐만 아니라 TV 그리고 신문 지면에까지 나가고 있다.

신문들이 갑자기 이런 문제를 물어뜯는 이유도 그래서다. 광고가 들어오니까.

"이런 상황에서 집으로에서 배달 업체 선택권을 준다고 하면 어떻게 될까요?"

"사람들이 죄다 거기에서 시키겠네요."

"물론 거기에 약간의 양념은 쳐야겠지요."

"약간의 양념이라고 하신다면? 설마 편파적인 뭔가를 하시려는 건가요? 그건 좋은 생각이 아닙니다. 공정성 문제가 터지면 저희도 타격을 입을 수 있습니다."

"공정성 문제는 안 터질 겁니다. 현재 신속의기수의 인원은 충분하지 않으니까요."

노형진이 나름 준비하긴 했지만 당장 신속의기수의 인원을 충분히 보충하는 것은 불가능하다.

"그러니 배달 업체를 선택하는 창에 경고를 미리 띄워 두면 됩니다. 이렇게 말이지요. '신속의기수를 선택하는 경우 배달 시간이 지체될 수 있다는 점을 양지 바랍니다.'"

그건 말 그대로 경고다. 하지만 그 경고 메시지에 수시로 노출되면, 사람들은 자연스럽게 신속의기수라는 이름을 가장 먼저 보게 될 것이다.

불안한 사람들은 그러한 경고에도 불구하고 신속의기수를 선택할 테고, 급한 사람들은 선택하지 않겠지만 말이다.

"중요한 건 신속의기수라는 이름이 한 번 더 보인다는 거죠."

그리고 그 선택을 할 때마다 사람들은 스치듯 지나가는 광고를 생각하게 된다.

안전한 배달.

전문적인 일대일 서비스 시스템.

그리고 배달 실명제.

그게 생각나면 자연스럽게 배달은 신속의기수에 시키게
된다.

"거기다가 이건 엄밀하게 말하면 불이익이지 특혜는 아니
지요."

배달이 늦어진다고 경고하는 거다.

신속의기수 입장에서는 도리어 마이너스다.

"안전이라는 절대 명제만 없다면 말입니다."

"확실히 그렇게 하면 신속의기수의 배달량은 어마어마하
게 늘겠네요."

배경환은 이해가 간다는 듯 혀를 내둘렀다.

모든 것이 돌고 돌아서 결국은 신속의기수의 광고가 되는
상황.

"그러면 인원은 계속 늘려 가실 건가요?"

"늘려 가게 될 겁니다. 자연스럽게요. 아시다시피 배달부
들은 프리랜서니까요."

어떤 배달 업체에 정식 직원으로 일하는 게 아니라 거기에
서 프리로 뛰는 거다.

당연히 배달 주문이 더 많은 곳으로 몰려들 수밖에 없다.

"그리고 저도 나름대로 배달부들을 위한 시스템도 하나 만
들어 놨거든요."

"배달부들을 위한 시스템이라니요?"

"이겁니다."

노형진은 사진을 하나 꺼내서 배경환에게 건넸다.

그걸 본 배경환은 깜짝 놀랐다.

"오토바이를 개조하신 겁니까?"

"개조는 아니고 추가 설치 장비라고 봐야 하나요? 하여간 우리가 추가로 달아 줄 제품입니다."

"아니, 왜요?"

"배달부들을 위해서요. 우리가 배달부들을 흡수하기 위해서는 당연히 뭐라도 해 줘야 합니다."

배달부들은 대부분 자기 오토바이를 가지고 활동하고 있으니 오토바이를 대여해 주는 것은 의미가 없다.

"하지만 우리가 특허를 낸 이 물건은 우리만 쓸 수 있지요."

노형진이 내놓은 제품은 다름 아닌 가림막이었다.

그것도 탈착식으로 만들어진 물건이었다.

"배달이 가장 많이 늘어나는 날이 비 오는 날이라는 이야기가 있더군요."

"음, 그런 부분은 좀 있습니다."

배경환은 인정한다는 듯 고개를 끄덕거렸다.

비가 오니 나가기는 싫은데 색다른 걸 먹고 싶을 때 배달을 시키는 사람들이 많으니까.

"당연히 배달하는 사람들은 비를 맞으면서 주행해야 합니다. 솔직히 아시지 않습니까, 비옷을 입어도 그다지 효과는 없다는 거."

"하긴, 그렇지요."

비옷을 입고 나가 보면 알겠지만 비옷 사이로 비가 스며드는 것은 막을 수가 없다.

더군다나 쌩쌩 달리는 오토바이에서 비옷이 바람에 흔들리면 옷은 완전히 흠뻑 젖는다.

"그렇다고 해서 옷을 갈아입을 수도 없는 노릇이고요."

배달은 계속되고, 옷을 갈아입어 봐야 나가면 3분 안에 다 젖어 버린다.

"냄새는 둘째 치고 겨울에는 얼어 죽을 만큼 춥지요."

"설마?"

"맞습니다. 이걸 설치하면 오토바이에 간단하게나마 비를 막을 수 있게 됩니다."

설치 자체도 간단한 데다가 안 쓸 때는 접어서 보관하는 것도 가능하다.

"배달부들도 사람입니다. 그들도 편하게 배달하고 싶어 하지요."

하지만 다른 곳은 그런 게 없다. 비옷도 자기 돈으로 사야 한다.

"이게 겨울에 눈이나 비가 올 때 불러올 효과에 대해 생각해 보세요."

"끝내주겠군요."

물론 자동차처럼 완벽하게 냉기를 차단해 주지는 못하겠

지만 바람과 눈 또는 비만 막아도 일하기에는 충분하다.

서 있기만 해도 추운 날, 아무리 두껍게 입는다고 해도 오토바이로 수십 킬로미터의 속도를 내면서 바람을 맞으면 그 고통은 어마어마하다. 하지만 이 가림막은 최소한 그걸 막아줄 거다.

익숙해지지 않았다면 모를까, 한번 익숙해지면 사람은 거기에서 벗어나기 싫어한다.

비가 오고 눈이 오는 날, 그 안에서 그걸 피하면서 배달할 수 있다는 걸 알았을 때 과연 기존 배달부들은 어떤 생각을 할까?

"배달부들은 충성심이 없습니다."

한쪽으로 배달이 쏠리는 데다 편의성까지 보장된다면?

"아마 배달부들은 모두 이쪽으로 쏠릴 겁니다. 물론 멀쩡한 사람들은 말이지요."

범죄 이력도 없고 묶음 배송도 하지 않고 신호 위반도 하지 않는 사람들. 그들은 아무래도 안정적으로 배송할 수 있는 곳을 선호할 거다.

"그리고 그들이 신속의기수로 오면 다른 곳은 자연스럽게 도태될 수밖에 없습니다."

"다른 사업처럼 말이군요."

"어딜 가나 똑같지요."

작은 사업체들이 몰려 있는 곳에 공룡이 들어오면 그 사업은 공룡이 잡아먹는다.

과거에 택시를 부르던 콜택시도 대형 기업이 들어오자 거의 말라 죽었다.

아무리 그들이 노력해도 공룡은 이길 수가 없으니까.

"하지만 기존 업체들이 가만히 당하고 있지만은 않을 텐데요."

분명 그럴 거다. 이 세상에 그냥 앉아 있다가 죽는 사람은 없으니까.

"그쪽에서도 저항은 할 겁니다. 뭐, 별의별 짓을 다 하겠지요."

아마 정치권의 힘도 빌릴 테고 사회운동가들의 힘도 빌릴 것이다.

"하지만 예상한다면 못 막을 건 없지요."

사람들은 대기업이나 공룡 기업을 싫어한다.

하지만 노형진은 안다, 때때로는 공룡이 필요하다는 것을.

공룡은 규칙을 만들고 그 규칙을 강요할 수 있다.

"이제 공룡이 움직일 시간입니다."

노형진은 자신 있게 말했다.

⚖

"이럴 수는 없어!"

"이건 말도 안 돼!"

노형진의 예상대로 사람들은 대부분 신속의기수를 선택하

기 시작했다.

물론 성격이 급한 사람들은 그냥 일반 배달을 선택하기도 했다. 하지만 여자나 아이가 있는 집의 경우는 거의 100% 신속의기수를 선택하는 분위기였다.

배달 음식은 가족 단위로 시켜 먹는 게 보통이다.

일단 최저 배달 금액이라는 게 있으니 그에 맞추다 보면, 단가가 높은 음식이 아니라면 가족 단위가 될 수밖에 없다.

그리고 가족 단위라면 대부분 선택권은 어머니 또는 아내에게 있기 마련.

"배달 주문이 절반 이하로 줄었습니다."

"배달 주문이 줄어든 게 문제가 아니야! 배달하고 싶어도 할 사람이 없다고!"

배달해야 하는데 배달부들이 너도나도 신속의기수로 넘어가는 분위기였다.

그럴 수밖에 없는 게, 그들도 가족이 있고 신속의기수가 열심히 홍보하는 것을 알고 있다. 당연히 분위기가 어떤지 가족들에게 들어서, 자연스럽게 그쪽으로 넘어가고 싶어 하는 것이다.

더군다나 신속의기수는 다른 곳에서는 없는 서비스를 제공하고 있었다.

"갑질을 하는 사람들에게 배달 금지라니. 하!"

개개인의 배달 업체는 그러한 금지 목록을 만드는 데에 한계가 있다.

만들 수야 있지만 배달 주문이 들어올 때마다 그걸 찾아볼 수는 없고 결국 자동으로 뜨도록 해야 하는데, 그런 프로그램을 만들 돈이 없다.

결국 자연스럽게 진상 고객들이 이쪽 배달로 넘어오기 시작했고, 거기에 질려 버린 배달부들이 빠르게 신속의기수 쪽으로 넘어가기 시작했다.

"이대로 그냥 당할 수는 없습니다."

"지난번에 인권 단체 연락처 있지요? 그곳에 연락해서 도움을 청해 봅시다."

"배달 업계에는 대기업이 들어오면 안 됩니다. 중소기업 업종으로 신청해서 보호받아야 합니다."

"다른 방법을 찾아야 합니다. 좀 더 공격적인 방법을 찾아봅시다. 가령 신속의기수와 손잡는 업체들은 우리가 배달을 거부한다든가."

"옳거니! 그런 방법 좋습니다. 아직 신속의기수 놈들은 그 숫자가 많지 않으니까요."

아직은 압도적으로 일반 업자들이 많은 상황.

더군다나 그들은 모두 전국배달연맹이라는 곳에 속해 있다.

배달 앱인 집으로 놈들은 이제 어쩔 수가 없다.

신속의기수라는 곳이 생겼고, 그들과 별로 상관없다고 하기에는 두 곳의 커넥션이 무척이나 심했으니까.

그러니 자신들이 배달을 거부한다고 하면 분명 그들은 다른 곳을 포기하고 신속의기수와 손잡고 일할 것이다.

어쩌면 신속의기수를 만든 게 그들일지도 모른다.

"하지만 우리가 식당을 공략한다고 하면 이야기는 달라집니다."

아직은 수적으로 우세한 배달연맹, 그곳에서 집으로와 신속의기수에 시키는 곳에 보복하겠다고 하면 식당들은 저항하지 못할 것이다.

"우리의 생존권을 보장합시다!"

"우리의 생존권을 지킵시다!"

"대기업을 몰아내자!"

그렇게 흥분하는 업자들을 보면서 고만진은 얼마 전 동생이 말했던 계획이 생각났다.

파업을 유도할 수 있다면 배달의만족과 저기요에서 적지 않은 돈을 줄 거라는 말.

그리고 지금 이 순간 집으로를 대상으로 하는 파업은 확정적이었다.

'어쩌면 제법 두둑하게 만질 수 있겠어.'

그렇잖아도 노형진 덕분에 일을 못 하면서 상당한 손실을 봤다. 이제 와서 영업을 재개하기가 쉽지 않았다.

그러나 손실만 보충할 수 있다면⋯⋯.

'아니지, 더 크게 놀아야지.'

배달의민족과 저기요에서 돈을 받을 수 있다면, 어쩌면 이 지역 배달 업체를 싹쓸이할 수 있을 거라는 생각에 그의 입가에는 남들이 모르는 미소가 떠오르고 있었다.

⚖️

"흠, 삼보일배라……. 고전적인 수법이네."

노형진은 방송을 보면서 무심하게 말했다.

그러자 옆에서 국밥을 먹던 오광훈은 그런 노형진을 보면서 짜증을 부렸다.

"야, 투자한 거 날리면 죽인다."

"안 날려. 나 노형진이야."

"알지. 그런데 저거 지랄 난 거 어쩔 거야?"

삼보일배. 세 걸음 걷고 한 번 절하는 것.

방송에서는 배달 업자들의 그 장면을 계속 틀어 주고 있었다.

"저 새끼들 작심한 것 같던데."

"그렇겠지. 바보가 아닌 이상에야 이대로는 죽는다는 걸 알 테니까."

노형진은 빈 그릇을 옆으로 치우며 말했다.

"정치권에 로비도 좀 하고 인권 단체를 통해 압력도 행사하고. 내가 그랬잖아, 뻔한 방법 쓸 거라고."

정치인들 중 일부는 대기업의 배달업 진입에 우려의 목소리를 내고 있으며, 인권 단체는 중소기업 노동자들의 삶을 걱정하며 집으로가 반성해야 한다는 성명을 연신 발표하고 있었다.

하지만 노형진은 그걸 보면서도 그다지 충격받거나 겁먹거나 하지는 않았다. 그저 귀찮다는 표정이었다.

"저쪽은 철저하게 약자 포지션을 취하는 거야. 우리는 약하다, 대기업의 횡포에 당하고 있다. 끄어어억~."

아예 트림까지 하면서 벽에 기대는 노형진. 그의 얼굴에는 긴장이라고는 하나도 없었다.

"저 사람들이 왜 삼보일배를 선택했을 것 같아? 노동계에서 최후의 수단으로 쓰는 방법이 바로 삼보일배거든."

그 방법을 씀으로써 대기업에 당하는 약자의 모습을 보여주고 싶은 것이다.

"하지만 웃기지 않아? 저놈들은 배달부가 아니라 배달 업체 사장들이야. 노동자는 개뿔."

중간에 사무실 차려 두고 용역을 주는 곳이 바로 저런 곳이다. 저런 곳이 많다는 건 가지고 가는 것도 그만큼 많다는 뜻이다.

자동화된 시스템이 있으면 그만큼 비용을 깎을 수 있으니까.

"중요한 건 저놈들이 장난치고 있다는 거지. 겉으로는 약자인 척하면 뒤에서는 수작질을 부리고 있어."

"수작질?"

"응. 업체들을 협박하더라고."

집으로와 거래하면 배달 금지. 신속의기수와 거래해도 배달 금지.

그런 협박을 조용히 그리고 조금씩 하고 있었고, 실제로 그 때문에 집으로와 신속의기수의 이용률이 점점 떨어지고 있다.

"아니, 그걸 왜 두고 보고 있는 거야?"

"왜일 것 같아?"

노형진은 어깨를 으쓱하며 말했다.

"저들의 배달 금지는 집으로 배경환 사장도 두려워했던 일이야. 그걸로 지금까지 수많은 협박을 했으니까."

일개 음식점 사장이 그들의 행동에 저항할 수는 없다.

"그러니 저들이 시키는 대로 할 수밖에 없지."

"그러니까, 내 말은 왜 그냥 당하고 있냐 이거야. 검사들이 투자한 돈이 얼만데."

"당하고 있는 게 아니야. 방치하는 거지."

"뭐?"

"내가 저들과 집단으로 싸울 이유가 있어? 솔직히 시간 낭비지."

"시간 낭비?"

"그래. 저들은 지금 전국배달연맹이라는 이름으로 묶여 있어. 그런데 그들이 기업처럼 일사불란할까?"

애석하게도 그렇지는 않다. 연맹이니 연합이니 하는 것들은 전부 이권을 위해 뭉친 조직이다. 현실적으로 문제가 생기면 그냥 튀어 나가서 따로 활동하기 시작한다.

"내 입장에서는 그게 더 귀찮아."

못 이기는 게 아니다. 하지만 귀찮다.

보리가 가마니인 채로 있다면 그걸 치우는 건 어려운 일이 아니다. 하지만 그 보리 가마니가 터져서 줄줄 새기 시작하면 치우는 건 여간 귀찮은 일이 아니다.

"그러니 배달연맹은 그냥 두는 게 나아."

한꺼번에 청소하기 위해서는 그냥 두자, 그게 노형진의 계획이었다.

"하지만 너무 커다란 짐 아니야? 너도 알다시피 커다란 짐은 청소도 힘들어."

"그건 어중간하게 규모가 될 때의 이야기지. 저놈들은 세력을 믿고 가게를 압박해. 딱 적당한 사이즈야."

노형진은 방송에서 절규하듯이 외치는 고만진의 모습을 바라보았다.

─대기업이 소상공인을 잡아먹고 있습니다! 정부는 당장 배달업을 소상공인 적합 업종으로 지정하고 자생을 위한 정부 보조 정책을 발표해야 합니다!

"진짜로 딱 먹기 좋은 사이즈지, 후후후."

체급에 맞는 싸움

노형진이 전국배달연맹을 그냥 둔다고 해서 그들과 싸우지 않겠다는 것은 아니었다.

도리어 사냥하기 위해 적당한 미끼를 던지고 있었다.

"저들은 돈이 없지요. 하지만 우리에게는 돈이 있습니다."

노형진의 계획을 들은 배경환은 기겁했다.

그럴 수밖에 없었다. 다른 사람들은 생각도 못 할 계획이었으니까.

"그래서 가게를 사시겠다고요? 스무 개나요?"

"애초에 얼마 하지도 않지 않습니까? 제가 원하는 가게는 배달 전문 업체이니까요."

노형진의 계획에 배경환은 당황했다.

물론 노형진이 세운 계획이 황당한 것은 아니었다. 하지만 실로 엄청난 돈이 들어갈 것이다.

"하지만 노형진 변호사님은 보통은 돈을 쓰지 않고 싸우는 방법을 선택하지 않습니까?"

그래서 다들 노형진과 새론을 무서워하는 거다.

노형진은 안에서부터 그들이 천천히 무너지도록 하는 방법을 즐겨 쓰는 타입이니까.

"압니다. 하지만 이 경우에는 안에서 무너트리는 게 한계가 있어요. 과거 중국에서 공산당과 국민당이 손잡았던 때가 있었지요. 그때가 언제인지 아십니까?"

"일제의 침략이지요."

"맞습니다. 지금 저들 입장에서는 제가 일제입니다."

노형진이 지금까지 공격하던 적들은 그 안에 특정 파벌이 있었다.

물론 저들의 안에 파벌이 없는 것은 아니다. 아무리 연맹이라는 이름으로 묶여 있다고 해도 그 안에서 파벌이 없을 수는 없다.

"하지만 파벌이라고 해도 결국 권력이 존재할 때에나 만들 수 있는 거니까요."

이번 싸움에서 진다면 저들에게는 아무것도 남지 않게 된다.

그걸 알기에 일단은 손잡고 싸우는 거다.

"더군다나 구역별로 나뉘어 있는 특성상 그 권력이라는 게 그다지 강한 것도 아니죠."

연맹의 회장이 된다고 해서 대단한 걸 이룰 수 있는 것도 아니다.

"그렇다 보니 일단은 손잡고 우리를 몰락시키려고 하는 겁니다. 그리고 그 방법은 아실 테고요."

이미 노형진은 그들이 식당을 협박할 거라고 예상했다.

솔직히 그건 어렵지 않게 예상할 수 있었다.

그들이 취할 수 있는 거의 유일한 방법이니까.

"사실 한국에서 단체니 집단이니 하는 놈들은 거의 대부분 비슷한 행동 패턴을 보이지요."

나쁜 짓을 하다가 걸리면 일단 반성하는 척하면서 사람들이 잊어버리기를 기대한다.

수술을 위해 칼이 들어오면 자신들보다 약자를 인질로 삼고 그들의 생존권을 흔들면서 '우리 죽으면 다 같이 죽는 거야.' 전략으로 나온다.

"그러니 우리는 그걸 노리는 겁니다. 저들이 생각하지 못하는 방식으로요."

그걸 입증할 수 있는 가장 좋은 방법은 뭘까?

그건 다름 아닌 더 힘이 약한 자가 그들을 공격하는 거다.

"그렇게 함으로써 그들의 정당성을 부정하고, 그들의 존재를 사악하고 더러운 것으로 만들 수 있지요."

저들이 약자 포지션을 들이민다면 노형진은 더 약한 사람을 들이밀어서 판을 뒤집으면 된다.

"그러기 위해서는 식당이 필요합니다."

노형진이 아무리 저들이 하는 짓거리를 이야기한다고 해도 그건 이슈가 되지 못한다.

노형진은 강자이고, 이미 신속의기수는 대기업 계열이라는 비난이 먹히고 있기 때문이다.

실제로 인터넷에서 여론은, 아무리 돈이 좋아도 배달업에까지 대기업이 진출하는 것은 아니지 않느냐는 말이 계속 나오고 있었다.

"문제는 저들이 실제로 힘을 가지고 있고, 배달 업체가 필요한 식당을 운영하는 사람들은 저들을 두려워한다는 거죠."

배달하지 않는 식당이야 저쪽이랑 싸우거나 협박당할 이유가 없고, 자체 배달부를 데리고 있는 식당들은 그들이 뭐라고 하든 자신들의 일이 아니다.

"현재 상황에서 우리를 도와서 배달 업체들과 싸우면 그 가게는 망합니다. 100%."

안 망할 수가 없다.

그들이 자신들을 공격한 식당을 그냥 둘 리가 없으니까.

"우리가 그 사람들에게 희생을 강요할 수는 없습니다. 그러니 우리가 가진 가장 강력한 무기로 처발라야지요."

그게 다름 아닌 돈이다.

매달 수많은 식당들이 오픈하고 폐업한다.

어차피 망할 식당들 사이에서 적당한 대상을 골라서 인수하는 조건으로 공격을 부탁한다면, 저쪽에서 공격한다고 해도 이쪽은 타격 입을 게 없다.

어차피 폐업할 식당이니까.

"도리어 반대도 가능하겠지요."

배달 업체의 공격 때문에 폐업했다는 핑계도 가능하다.

"아, 그 뭐냐, 그 〈건즈어택〉처럼요?"

"적당한 예시군요."

〈건즈어택〉이라는 게임이 있었는데, 어마어마한 돈을 들여서 야심차게 개발했지만 그 게임은 딱 두 글자로 표현할 수 있었다.

개판.

21세기의 것으로 볼 수 없는, 개판의 게임 디자인.

그래픽은 20세기 말에 멈춰 있고 대부분의 캐릭터가 무료 게임 캐릭터 소스를 이용해서 디자인만 살짝 바꾼 수준.

게임 진행을 방해하는 수십 개의 버그들은 아무리 이야기해도 고쳐지지 않았다.

아무리 좋게 이야기해도 망할 수밖에 없는 게임.

그런데 하필이면 오픈 시기에 대기업의 차세대 액션 게임이 서비스를 시작했고, 결국 비교당하면서 처참하게 망했다.

"그때 그쪽에서 한 말이 게임 자체는 잘 만들었는데 해외 대작 게임은 이길 수가 없었다는 거였지요?"

"뭐, 맞습니다. 완전 개소리입니다만."

물론 해외 대작 게임이 잘 만들어진 것은 맞다.

하지만 그런 말을 하면 안 되는 게, 〈건즈어택〉은 그 해외 대작 게임보다 돈이 더 들었다.

오죽하면 사람들이 게임 제작비를 회식비로 다 썼냐고 비아냥거릴 지경이었다.

"어차피 망할 가게, 같이 죽자는 포지션으로 가는 거죠."

그러면 손실을 막고 싶은 사람들 입장에서는 그걸 선택할 수밖에 없을 것이다.

"물론 진짜로 그들 때문에 망하는 사람이 있을지도 모르고요."

"그런데 왜 굳이 배달만 하는 가게인 건가요?"

"배달만 하는 가게는 상대적으로 싸거든요. 그들에게 약자이기도 하고."

식당에 테이블이라도 있으면 그나마 저항이라도 해 보겠지만, 완전 배달의 경우는 그들에게 끌려다닐 수밖에 없다.

"그러니 타격이 더 크겠지요."

그 말은 사람들에게 더 크게 다가간다는 것이다.

"적당한 가게를 찾을 수 있을까요?"

"그거야 어렵지 않지요."

집으로에는 모든 배달 업체의 기록이 남아 있다.

최근에 배달 기록이 확 줄어든 업체 위주로 찾는다면 어렵지 않게 찾을 수 있을 것이다.

"최대한 서두르세요. 저놈들이 언론의 관심을 끌어 놨으니 우리는 그걸 뒤집기만 하면 됩니다."

아마 그렇게 된다면 저들은 속이 쓰려서 미칠지도 모른다는 생각에 배경환은 속으로 웃음을 지었다.

"배달 업체 그 개새끼들 때문에…… 씨팔."

중국집 천안문.

한때 잘나가는 중국집이었던 그의 가게는 이제 말 그대로 파리만 날리고 있었다.

노형진이 원하는 배달 전문 식당은 아니지만 그래도 역시 중국집 하면 배달 아닌가?

"저희가요, 한때는 이 지역 배달 1위였습니다, 1위."

"그런데 왜 이렇게 손님이 없어진 건가요?"

노형진은 고개를 갸웃하면서 물었다.

중국집이 배달 1위를 할 정도라면 맛은 확실하게 있다는 소리다.

"그 배달부 새끼들이랑 한판 했죠."

중국집의 특성상 불기 쉬운 자장면이나 짬뽕 등 면류 주문이 많았는데, 기사들이 그런 주문들을 다른 배달지도 거쳐서 묶음 배송으로 배달하는 바람에 손님들의 불만이 너무 컸던 것이다.

게다가 탕수육이나 군만두 같은 요리류의 경우 배달을 보내면 음식을 일부 **빼돌리기도** 했고.

"더군다나 저희는 군만두가 서비스용이 아니거든요. 아, 물론 서비스용 군만두가 없는 건 아닌데, 상품용은 따로 팝니다."

상품용 군만두는 주인이 연구해서 만든 요리였다.

당연히 서비스로 나가는 그 냉동 만두와는 차원이 달랐다.

"그런데 이 새끼들이 그걸 자꾸 처먹는 거예요."

서비스용 냉동 군만두를 먹어도 불만이 들어올 텐데 상품용 군만두를 자꾸 **빼돌리자**, 참고 있던 주인은 결국 화병이 터졌다.

"짬뽕을 배달시켰는데 40분 걸렸습니다, 40분. 이해가 가세요? 40분 지난 짬뽕이 상태가 어떻겠습니까?"

그건 짬뽕이라기보다는 짬뽕 밀가루 죽에 가까운 상태였고, 그런 상품을 본 사람들은 화가 나서 너도나도 1점을 때려 버렸다.

자기 잘못도 아닌데 점점 평점이 떨어지고 손님이 사라지자 화가 난 그는 배달 업체에 찾아가서 엄청나게 화를 냈다고 한다.

"그랬더니 그날 저녁부터 저희 콜을 안 받더라고요, 이 개새끼들이."

이것이 법이다

아무리 불러도 오지 않기에 전화해서 왜 안 오냐고 따지자, 배달 업체는 정신적 충격을 받았으니 와서 무릎을 꿇고 사과하고 손해배상으로 500만 원을 내놓으라는 터무니없는 요구를 했다는 것이다.

"그러면 다른 배달부를 직접 고용해 보시죠? 돈이 좀 들겠지만 지역 1위를 찍으실 정도라면 가능할 것 같은데."

"해 봤지요. 그랬더니 이 새끼들이 저희 배달부의 오토바이만 보면 발로 까서 자빠트리더라고요."

하루 이틀도 아니고 배달하다가 세워진 오토바이를 보면 발로 까고 도망치고, 배달부들에게 접근해서 왜 돈도 못 버는 짱깨 배달만 하느냐고 빈정거렸다고 한다.

'하긴, 그건 그래.'

규정대로 배달해도 열심히 일하면 450만 원은 벌 수 있는 게 현재 배달 시장의 상황이다.

그런데 배달부를 고용하는 중국집에서 주는 돈은 아무리 많아 봐야 300만 원 정도일 게 뻔하다.

'배달하는 입장에서는 돈을 더 많이 주는 쪽에서 일하고 싶어 하지.'

그렇잖아도 배달부를 찾는 게 힘든데 그런 일 때문에 배달부가 나가 버리니 배달이 제대로 이루어질 리가 없다.

"그러다가 신속의기수가 생기고 숨통이 트였습니다."

신속의기수는 배달 업체와는 상관없이 규정대로 일했으니까.

그래서 신속의기수를 쓰기 시작했고, 다시 빠르게 매출이 올라갔다.

"그런데 이 새끼들이 찾아와서 협박을 하더라고요."

신속의기수와 거래를 끊어라, 그러지 않으면 자신들이 배달을 거부하겠다.

"뭐, 전 신경도 안 썼죠."

쓸 이유가 없었다. 원래부터 그쪽에서는 배달을 거부하고 있었으니까.

"그랬더니 이 새끼들이 작심하고 저를 엿을 먹이네요."

시청에다가 위생 신고하는 것은 기본이요, 얼마 전에는 미성년자를 몰래 집어넣어서 술을 팔게 하려다가 실패했다고 한다.

"미성년자요?"

"네."

'하긴, 아직 그 법이 안 고쳐졌지.'

미성년자가 속이고 와서 술을 마시면 그 책임은 술을 판 점주가 진다.

대한민국의 가장 잘못된 법 중 하나고, 노형진도 그걸 고치자고 송정한에게 몇 번이나 이야기했다.

요즘은 어려 보이면 일단 주민등록증부터 확인하니까.

하지만 보통 일단 성인이 들어와서 나중에 합석한다든가, 아니면 위조 신분증이나 형제의 신분증을 가지고 와서 속이는 경우가 대부분이다.

공문서 위조 또는 공문서 부정 사용 등에 해당되는 거다.

'하지만 인권 단체들이 문제야.'

그들은 앞이 창창한 학생들의 미래를 망칠 수 없다면서 그러한 법 개정을 막고 있었다.

물론 노형진이 봐서는 그건 개소리다.

범죄를 저지르면서 술 처먹고 그걸로 협박하는 놈들이 앞날이 창창해 봐야 얼마나 창창하겠으며, 설사 창창하다 한들 그런 놈들이 성공하는 것은 사회적으로 올바른 현상이 아니다.

"진짜 당할 뻔했다니까요."

영업하는데 우르르 몰려와서 술을 주문하기에 다 내주고 신경 안 쓰고 있었는데, 나중에 보니 그중 두 명이 왠지 어색해 보였다는 거다.

그래서 두 사람의 신분증을 다시 확인했는데 옷만 똑같았지 전혀 다른 사람이었다.

그것도 미성년자.

주인은 이러다 독박 쓰겠다 싶어서 경찰에 신고했는데, 신고한 지 채 3분도 되지 않아서 경찰이 왔다는 것.

"3분요? 엄청 빠른데요?"

경찰이 출동하는 우선순위는 긴급한 순이지 선착순이 아니다.

그리고 이러한 신분증 확인 문제는 경찰에게 우선순위에

서 최하위에 해당된다.

그런데 3분? 이상할 정도로 빠른 거다.

"알고 보니까 이 새끼들이 수작질한 거더라고요."

"아아."

노형진은 그 말에 고개를 끄덕거렸다.

경쟁 업체에서 상대방을 망하게 할 때 종종 쓰는 수법이었으니까.

그나마 아슬아슬하게 주인이 먼저 알아채고 신고한 덕에 그 부분이 감안되어 영업정지는 면할 수가 있었다.

하지만 벌금은 피할 수가 없었다.

현행법의 구조가 그렇게 되어 있으니까.

"더럽고 치사해서 여기서는 못 해 먹겠더라고요. 그래서 가게를 내놓은 겁니다. 어딜 가도 여기만 못하겠냐 싶더라고요."

"이해는 갑니다."

배달 1위를 찍을 정도의 식당이라면 이 지역에서는 맛집으로 통할 테고, 어딜 가나 음식 솜씨만 있다면 제자리를 찾는 것은 어려운 일이 아닐 테니까.

"그런데 마침 집으로 쪽에서 연락이 오더라고요."

배달 의존도가 높은 중국집의 특성상 이 지역 배달 업체들과는 사이가 틀어졌으니 멀쩡하게 장사하는 건 불가능해졌다는 걸 알고 있던 주인은, 이참에 차라리 가게를 넘기고 다른 지역으로 이사할 생각을 하고 있던 상황이었다.

그런데 두둑하게 돈을 주겠다는 작자가 나섰으니 당연히 팔려고 하는 것이다.

"그렇군요."

노형진은 그 말에 고개를 끄덕거렸다.

상황은 대충 알 것 같았다.

'어떻게 된 게 예상에서 한 치도 안 벗어나냐. 하긴, 배달 업체에서 쓸 수 있는 방법이 한정되어 있기는 하지만.'

덕분에 제대로 공격할 수 있는 방법이 생겼다.

"그러면 그냥 이대로 다른 곳으로 가실 겁니까? 솔직히 다른 곳으로 이주하셔도 자리 잡는 게 쉽지 않을 텐데요."

노형진의 말에 천안문의 주인은 긴 한숨으로 걱정을 표현했다.

"해 봐야지요."

중국집은 전국에서 가장 많은 업체 중 하나이니 새로 중국집이 생겼다 해도 손님이 한꺼번에 몰릴 가능성은 그다지 높지 않다.

맛이 있다고 자부한다 한들 대부분의 사람들이 배달 앱으로 음식을 배달시킬 때는 자신이 아는 곳에서 주문하지, 맛이 검증되지 않은 새로운 업체에서 주문하는 경우는 드물다.

천안문의 주인이 다른 곳에 가서 신규로 오픈한다 한들 홍보하고 단골손님을 만드는 과정이 녹록지는 않을 것이다.

"그렇다고 여기서 계속할 수는 없는 노릇이고……."

"만일 여기서 그놈들에게 한 방 먹일 수 있다고 한다면 어떻게 하실 겁니까?"

"네?"

한 방 먹인다는 말에 천안문의 주인은 귀가 솔깃해졌다.

"물론 여기에 자리 잡고 장사도 제대로 계속하실 수 있을 겁니다."

"여기서요?"

"네."

"하지만 가게를 사신다고 하지 않았나요?"

"네. 하지만 제가 남이 힘든 상황을 이용해서 이득을 챙기는 타입은 아니라서요."

노형진은 싱글벙글 미소를 지으면서 그에게 말했다.

"저희와 함께하시죠. 기자회견에 도움을 주신다면 저희가 확실하게 이쪽 지역에 있는 배달 업체들을 정리해 드리겠습니다. 그리고 신속의기수를 통해 배달도 해 드리고요."

"신속의기수를 통해서요?"

"어차피 여기 배달 업체들이 다 날아가면 그 사람들이 어디로 가겠습니까?"

당연히 그나마 활동할 수 있는 신속의기수에 취업할 테니 다시 배달을 시작하는 건 어렵지 않다.

"배달이라……."

"지역 1위까지 했던 맛집 아닙니까? 배달 문제만 해결하면 괜찮으실 텐데요."

그 말에 주인은 살짝 고민했다.

실제로 배달 업체들의 횡포에 어쩔 수 없었던 거지, 이미 자리를 잡은 이 지역을 떠나는 게 마음에 썩 들지는 않는 상황이었다.

"만일…… 제가 망하면요?"

그렇다고 해서 이제 와서 안 가기도 뭐한 게, 배달 업체와는 돌이킬 수 없는 관계가 되었기 때문이다.

"간단합니다. 제가 지금 조건대로 가게를 사 드리겠습니다."

"지금 조건대로요?"

"네."

"으음……."

그건 확실히 손해는 없다.

노형진의 계획이 성공하면 자신이 자리 잡은 이곳에서 계속 장사할 수 있게 되는 거고, 실패하면 본래 계획대로 다른 지역에 가서 장사하면 되니까.

"진짜로…… 밀어주실 수 있는 겁니까?"

"계약서라는 건 그런 용도로 쓰는 거죠. 계약서에 사인만 하신다면 그에 따라 처리해 드리겠습니다."

천안문 주인의 고민은 짧았다.

"좋습니다. 그러면 그렇게 합시다. 그냥 도망가자니 열불이 터지니까."

손해 볼 게 없다는 생각에 그는 사인했다.

노형진은 그 계약서를 보면서 싱긋 웃었다.

"기자회견 준비는 저희가 해 두겠습니다. 나중에 이야기, 잘 부탁드립니다."

노형진은 계약서를 쓰고 나오면서 배경환에게 전화를 걸었다.

"천안문 쪽은 이야기가 잘 끝났습니다. 다른 곳은 어떤가요?"

─몇 곳이 동의해 줬습니다. 저희한테 보고가 올라오지 않아서 몰랐는데 생각보다 패악질이 심하더군요.

배경환은 질렸다는 듯 말했다.

의외로 그런 배달부들로 인한 피해자들이 많았는데, 그중 몇몇은 실제로 폐업할 생각을 하고 있었다.

"가능하면 최대한 포섭해 두세요. 조만간 전세를 뒤집을 수 있을 테니까."

─이미 확인 중입니다. 다만…… 드릴 말씀이 있습니다.

노형진은 배경환의 말에 당연하다는 듯 물었다.

"다른 배달 앱 쪽에서 치고 들어오나요?"

─네? 그걸 어떻게 아신 겁니까?

말도 안 했는데 알아채고 물어 오는는 노형진의 말에 배경환은 깜짝 놀랐다. 하지만 노형진은 이미 예상하고 있던 일이었다.

"그놈들도 먹고살아야 할 테니까요. 70%의 지분을 점유하고 있는 집으로를 거부했으니 당연히 그놈들도 먹고사는 게 힘들어질 겁니다. 파업이라는 건 그런 거죠."

단순히 자신들이 일하지 않는다는 것이 아니라 자신들의 생계도 포기해야 한다는 거다.

그래서 파업이 노사 분쟁에서 최후의 수단인 것이다. 서로에게 피해만 남기니까.

-네. 다른 쪽과 손잡고 치고 들어오는 눈치가 보입니다.

배경환은 걱정스럽게 말했다.

자신들이 아무리 좋은 의미로 움직이고 있다고 해도 점유율이 떨어지고 완전히 밀려 버리면 무슨 의미가 있단 말인가?

"뭐, 걱정하지 마세요. 안 그래도 약속을 잡아 뒀으니까요."

-약속요? 누구랑 말입니까?

어리둥절하게 물어보는 배경환에게 노형진은 웃으며 말했다.

"다른 배달 앱 업체 사장들과 약속을 잡아 놨습니다. 라이벌은 때때로 아군이 되는 법이지요, 후후후."

노형진은 시계를 힐끔 확인하며 말했다. 이제 배달 업체들에게 날벼락을 내릴 시간이었다.

⚖️

"어떻게, 배달연맹에서 우리를 공격해 주겠다고 돈을 달라고 하던가요?"

노형진은 웃고 있었다.

하지만 그의 앞에 마주 앉아 있는 사람은 그럴 수가 없었다.

'젠장, 젠장.'

요한 베르움.

독일 출신의 사업가로, 한국에 진출한 기업의 한국 지부장
이다. 그리고 동시에 한국의 배달 업체인 저기요의 사장이기
도 했다.

노형진이 찾아오자 그는 저승사자와 마주한 기분이었다.

그럴 수밖에 없는 게, 바보가 아니고서야 노형진의 뒤에
누가 있는지 모를 사업가는 없으니까.

'신속의기수가 마이스터의 투자로 만들어진 거였어?'

원래 역사에서는 요한 베르움이 이끄는 독일 기업이 한국
의 배달 업계를 깡그리 집어삼키고 독점적 지위를 이용해서
수수료를 미친 듯이 올려 버리는 짓을 했었다.

하지만 지금은 노형진이 이들이 배달 사업을 시작하기도
전에 먼저 집으로를 만들고 배달 사업을 시작했기 때문에, 이
들은 고작 10%의 점유율로 생존하기 위해 몸부림쳐야 했다.

저기요는 전 세계적인 체인 기업이다.

그럼에도 불구하고 한국에서는 집으로에 계속 밀리고 있
었다.

'그런데 여기는 왜 온 거야?'

단순 변호사도 아니고 미리 마이스터의 대리인이라는 걸

밝히고 왔다.

그 말은 마이스터를 대신해서 뭔지 모를 법률적인 행위를 하기 위해 왔다는 뜻이니, 저기요 입장에서는 날벼락이나 다름없었다.

"혹시 말입니다, 최근에 집으로 측 배달을 거부하라고 배달연맹에 돈 주셨습니까?"

"네? 아니요. 아닙니다."

"아니긴 뭐가 아니에요. 이미 알고 왔습니다."

노형진의 말에 요한 베르움의 눈동자가 흔들렸다.

실제로 그쪽에 돈을 줬으니까.

'그렇게 뚫어지게 살피고 있었는데 모를 리가 없지.'

노형진은 고만진을 비롯해서 배달연맹의 임원들을 계속 감시하고 있었다.

힘도 없는 임원이라지만, 그래도 임원을 귀찮게 하는 이유는 이권을 잡을 수 있는 기회가 오기 때문이다.

'마치 지금처럼 말이지.'

그들이 배달의만족과 저기요 쪽에 접촉하고 있다는 것도 알고 있었다.

사실 집으로에 밀리고 있는 두 업체 입장에서는 지금이 기회일 수도 있다. 집으로가 어떤 상황이든 사람들이 배달 주문을 멈출 이유는 없으니까.

'하지만 전후 관계는 전혀 알 수가 없지.'

배달연맹이 먼저 이들에게 다가가서 돈을 주면 파업해 주겠다고 한 건지, 아니면 이들이 돈을 주면서 파업하라고 한 건지 그건 알 수가 없다.

그리고 그게 이들의 약점이었다.

두 업체는 설마 노형진이 알 거라고는 생각도 못 했고, 그래서 적지 않은 돈을 배달연맹에 지급했다.

점유율을 올릴 수 있는 절호의 기회라고 생각했으니까.

하지만 그건 노형진이 만든 허상이었다.

그것도 빠지는 순간 헤어 나올 수 없는 허상.

"배달연맹에 돈을 주고 배달을 거부하게 한다, 이거 심각한 영업 방해 행위인 건 아시죠?"

"네? 영업 방해라니요? 아닙니다. 아니에요."

"그러면 그 수뇌부에 들어간 돈에 대해서는 어떻게 해명하시겠습니까? 또 그들이 파업을 시작하자마자 돈이 들어갔는데, 그 타이밍에 대해서도 해명할 방법이 있으시겠네요?"

요한 베르옴은 그런 노형진의 말에 숨이 턱턱 막혔다.

말해 봐야 누가 그걸 믿겠는가? 당연히 재판부에서는 심각한 문제로 받아들일 것이다.

뇌물을 줘 가면서 다른 업체의 영업을 방해하는 건 절대 우습게 볼 수 없는 행위로, 산업상 사보타주 행위에 들어가니까.

당연히 그런 경우 벌금이 수억이 나올 테고 배상금은 수십

억이 될 거다.

'당했다.'

만일 이게 터지면 단순히 대한민국의 문제가 아니라 국제적 분쟁이 될 수도 있다.

어찌 되었건 저기요의 본사는 독일에 있으니까.

그렇게 되면 당연히 자신의 커리어는 끝이다.

"이런 식으로 공격당하다니 어이가 없기는 한데요. 뭐, 마이스터는 그냥은 못 넘어간다고 생각하고 있습니다."

왜 마이스터의 대리인으로서 왔는가, 그게 궁금했던 요한 베르움의 의문은 최악의 형태로 나타났다.

"오해입니다. 진짜 오해입니다. 그쪽에서 먼저 다가와서 저희 쪽에 요청한 겁니다."

"그걸 저희가 어떻게 믿지요?"

"진짜입니다."

"녹음 파일 같은 거 있습니까?"

"없습니다."

"그러면 저희가 믿어 드릴 수가 없지요."

"제발 믿어 주십시오."

만일 이 일이 국제적인 문제로 터지면 이만저만 큰 문제가 아니게 된다.

하물며 투자 업체가 미국의 큰손 중 하나인 마이스터다.

그때는 본사와 마이스터의 전면전으로 들어가게 될 테고,

그러면 미국에서 최소 수십억 달러짜리 소송전으로 번질 수
도 있다.

'내가 미친 거지. 내가 미친 거야.'

점유율을 올릴 수 있다는 생각에 혹해서 큰 실수를 한 요
한 베르움은 사정사정했다.

노형진은 그런 그에게 확실히 약점을 잡았다는 듯 조용히
이야기를 꺼냈다.

"그러면 말입니다, 저희가 믿을 수 있게 행동해 주십시오."

"어떻게 말입니까? 설마 점유율을 포기하라는 건 아니죠?"

아무리 다급하다지만 요한 베르움이 그런 걸 포기할 수는
없었다.

물론 노형진도 그런 말도 안 되는 요구를 할 생각은 없었다.

"배달 업체를 신속의기수만 써 주시면 됩니다."

"네?"

"간단한 문제 아닌가요? 그들과 아무런 관련이 없다는 걸
증명하기 위해서는 그들과 거래를 끊으면 되는 겁니다."

"하지만 그러면……."

신속의기수를 쓰면 물론 그런 말도 안 되는 오해는 풀 수
있다.

"그렇지만, 그러면 저희가 공격받을 수 있습니다."

"마치 저희처럼 말입니까?"

"……."

그 말에 차마 대꾸를 못 하는 요한 베르움.

'뭐, 여기까지만 할까?'

어차피 이들과는 함께 가야 한다는 걸 알기에 노형진도 더 이상은 공격하지 않기로 했다.

물론 이들마저 잡아먹어도 나쁘지는 않겠지만 독점 상태가 된 시장은 부패하기 마련이다.

집으로가 이미 70% 이상을 먹었고, 더 먹을 수 있음에도 불구하고 노형진이 선을 긋고 참견하지 않는 이유가 그거다.

경쟁자가 있어야 물은 흐르는 법이니까.

"조만간 배달연맹 쪽에서 큰 문제가 하나 터질 겁니다."

"큰 문제요?"

"네. 그에 맞춰서 그냥 배달을 거부하시면 됩니다."

"그 큰 문제가 뭡니까?"

"뉴스 보시면 압니다, 후후후."

노형진은 서프라이즈를 하는 기분으로 더 이상 이야기해 주지 않았다.

⚖️

그리고 며칠 후.

배달연맹이 한창 대기업 진입 금지와 자신들의 생존권 보장을 요구하는 시위를 할 때, 생각지도 못한 기자회견이 이루어졌다.

그 기자회견을 한 사람들은 식당을 운영하는 사람들이었다.

"저희는 그동안 전국배달연맹에 심각한 피해를 입어 왔습니다. 대한민국의 대부분의 식당들이 그들로 인해 거의 영업을 하지 못하는 수준이었는데, 그들은 자신들의 이권을 지키기 위해 집으로와 신속의기수의 사용을 막았습니다."

식당 주인들은 자신들의 가게와 주소까지 공개하면서 기자회견을 자처했기에 그들을 의심하는 사람은 없었다.

"이건 저희가 녹음한 파일입니다. 영상 파일도 있습니다만 그건 경찰에 증거로 제출할 예정입니다. 일단 이 녹음 파일을 한번 들어 보세요."

상인들은 절규하는 심정으로 말했고, 이내 기자회견장의 스피커를 통해 녹음된 내용이 흘러나왔다.

—김 사장, 집으로 앱으로 배달시키지 말라고 했지? 그 신속의기수도 쓰지 말고.

—자네들은 제시간에 오지도 않으면서 무슨 말을 하는 거야?

—쓰지 말라고 하는데 계속 쓰니까 안 가는 거 아니야. 전에 말했잖아, 그 새끼들 쓰면 우리는 배달 안 한다고.

—앱은 내가 아니라 고객이 고르는 건데 나보고 어쩌라고? 그리고 집으로가 제일 수수료가 싸고 점유율도 높아. 배달 주문 70%는 거기에서 나온단 말이야.

—시끄럽고, 쓰지 말라면 쓰지 마.

-그거 손실 나면 자네들이 배상해 줄 것도 아니지 않나?

-거 왜 자꾸 허가 길어져? 우리가 그렇게 만만해 보여? 진짜 배달하지 말아 볼까?

-그게…….

-한 번만 더 그 새끼들 통해 배달하는 게 보이면 우리도 다른 배달부 안 보낼 줄 알아. 지금 신속의기수 새끼들 인원, 얼마 안 되는 거 알지? 저기 아래에 있는 홍자 감자탕집처럼 망해 볼래?

녹음 파일 재생은 거기에서 끝났다.

하지만 지금까지의 내용은 절대 무시할 수 있는 게 아니었다.

그동안 배달연맹은 자신들이 약자라고, 그래서 도움이 필요하다고 국민들에게 읍소했다.

하지만 녹음 파일을 들어 보면 약자는커녕 도리어 진짜 약자인 식당 주인을 협박하고 있었다.

"이런 녹음 파일이 수십 개인 데다 피해 업소가 한두 곳이 아닙니다. 물론 이걸 공개한 이상 저희는 더 이상 배달을 못합니다. 그럼 가게가 망할 거라는 건 압니다. 하지만 이건 아니지 않습니까? 저희는 치킨 하나 팔면 2천 원 남습니다. 그런데 배달료가 5천 원입니다. 그들은 노력하는 것 이상으로 가지고 가고, 더 빼앗고 싶어 합니다. 그들은 양심적인 업체와 가게를 망하게 하고 국민들을 속여서 배를 채우고 싶어 할 뿐입니다."

절규하는 식당 주인의 목소리는 빠르게 전국으로 퍼져 갔다.

그동안 약자 포지션에서 국민들의 지지를 받고 있던 배달 연맹 입장에서는 날벼락이나 다름없었다.

–씨발, 뭐? 약자? 어이가 없네.
–어쩐지 요즘 집으로 앱으로 배달시키면 치킨 하나 오는 데 두세 시간은 걸리더라니.
–양아치 새끼들. 아주 그냥 개판이구나.
–대기업 대환영.
–동감임. 어떤 시장은 대기업이 들어와서 한번 싹 정리해야 해.

사람들은 한순간 돌변했다.

어제만 해도 대기업을 욕하고 배달연맹을 편들어 주던 그들이었지만, 하루아침에 돌변해서 배달연맹을 욕하고 도리어 신속의기수를 통해 배달시키는 사람들이 늘어났다.

"버텨! 뭐라고 해도 버텨!"

하지만 배달연맹은 믿는 수가 있었다.

여전히 대부분의 배달부들은 배달연맹 소속이니, 그들이 배달을 거부한다면 아무리 욕해도 결국 배달 시스템은 무너질 수밖에 없었다.

"전의 택배 사건에서 택배 회사들이랑 택배 기사들이 이긴 거 기억하지? 버티면 되는 거야. 그래서 지들이 배달을 안

시킬 거야?"

당연히 계속 시켜 먹을 거라는 걸 안다.

그래서 고만진은 애써 다른 조합원들을 진정시켰다.

"하지만 다른 배달부들이 좀 불안해하는데……."

"그래도 버티라고 해. 만일 여기서 나가면 다시는 배달 업계에 발도 못 붙이게 한다고 하고."

협박으로 돈을 벌려고 했던 그들인 만큼 여전히 협박으로 사건을 무마하려고 했다.

"어차피 국민들은 시간이 지나면 다 잊어버려."

"맞아. 그냥 우리 단체 이름이나 바꾸자고. 연맹보다는 연합 어때?"

"연맹이나 연합이나."

"다르지. 우리가 이름 바꾸고 다른 단체라고 하면 누가 알아?"

"하긴, 그러네. 적당히 문제를 해결하고자 연맹에서 나간 단체라고 하면 넘어가긴 하겠다."

다들 시간만 좀 지나면 조용해질 거라 생각했다.

실제로 그럴 가능성이 높기는 했다.

망한 식당 업주들에게는 미안하지만, 시간이 지나면 다 잊히기 마련이니까.

그러나 그들이 생각하지 못한 것이 있었으니, 바로 노형진이라는 존재였다.

"만진이 형님?"

"동생, 어쩐 일이야?"

"큰일 났습니다, 형님. 집으로에서 연맹에 이 사태에 대한 책임을 엄중하게 묻겠다고, 당분간은 연맹 소속의 배달 업체에 배달을 금지하겠답니다."

"지랄하고 자빠졌네. 우리가 배달도 안 하는데 금지는 무슨."

"무시해. 어차피 우리는 배달 안 하잖아."

배달연맹의 사람들은 별거 아니라는 듯 킥킥거리며 웃었다.

하지만 그다음 말을 듣자 웃을 수가 없었다.

"배달의만족하고 저기요에서도 똑같이 우리를 안 쓰겠답니다."

"뭐?"

그 말에 연맹의 사람들은 뒤통수를 맞은 표정으로 고개를 돌려서 그를 바라보았다.

"그게 무슨 소리야?"

"지금 뉴스에 나왔습니다."

가지고 온 신문을 흔드는 남자의 행동에 다들 그의 주변으로 모여들거나 각자의 핸드폰으로 검색해 뉴스를 확인하기 시작했다.

집으로, 신속의기수와 전략적 제휴. 양심 배달 선언!

"배달은 자영업자들과의 상생이 우선." 저기요, 배달연맹 소속 배달 업체 배제 결정

배달의만족, "자영업자가 우선이다." 발표

연달아 터지는 뉴스.

물론 다른 배달 앱도 있긴 하다.

하지만 다른 곳은 다 합쳐도 채 1%가 안 된다.

그런 와중에 배달 앱에서 배달부들을 거부한다? 그리고 특정 업체만 쓰겠다?

"마, 망했다."

고만진은 자신도 모르게 털썩 주저앉았다.

그러나 누구도 그런 고만진을 위로하지는 않았다.

망한 건 결국 자신들도 마찬가지였으니까.

⚖️

"배달연맹이 엄청난 속도로 무너지고 있다고 하더군요."

"뭐, 그럴 겁니다. 이제는 거기에 속한 것 자체가 심각한 문제이니까요."

배달연맹 소속이라는 것은 결과적으로 주요 배달 앱 업체에서 모조리 배제당한다는 의미다.

당연하게도 그들은 살기 위해 각자 흩어지기 시작했다.

일부는 벌써부터 배달연합이니 배달동맹이니 하는 단체를 만들어서 '우리는 아무것도 몰라요.'를 시전하기는 했지만, 국민들이 바보도 아닌데 그걸 모를 리가 없다.

더군다나 집으로에서 시작된 배달 업체 선정은 자연스럽게 배달의만족과 저기요에도 적용되기 시작했다.

그리고 국민들은 이번 사태를 모두 보고 대부분 신속의기수를 선택했다.

물론 처음에는 신속의기수가 인원이 부족해서 힘들기는 했다.

하지만 지금은?

"오늘도 면접을 보러 온 사람들의 숫자가 어마어마하군요."

노형진은 사무실 구석에 놓인 의자에 줄지어 앉아 차례를 기다리는 사람들을 보며 흐뭇하게 말했다.

그러자 배경환이 만족스러운 미소를 지으며 고개를 끄덕였다.

"노 변호사님 말씀대로 배달부들은 충성심이 없으니까요."

이제는 망해 가는 배달 업체에 그들이 있을 이유는 없다.

한 곳과 거래하지 않아도 갈까 말까인데, 세 곳과 다 거래를 못 하는 연맹 소속에 남아서 배달할 이유가 없었다.

"저희 쪽 인원이 무서울 정도로 늘고 있습니다."

"그럴 수밖에요. 어차피 배달 중개 사업에는 인프라라는 게 딱히 필요하지 않으니까요."

물론 배달 주문을 배당하는 사무실은 있다.

하지만 대부분의 배달 주문은 앱으로 배당되고, 직전에 배달한 고객의 집에서 가장 가까운 식당 배달을 다시 배정받는 배달부 입장에서는 사무실에 올 일이 거의 없다.

그냥 아침에 일어나서 배달 준비가 됐을 때 앱을 켜면 그때부터는 출근하는 거다.

"저희는 배달 업체에 저항도 제대로 못 했는데요."

그런데 싸움이 시작된 지 고작 며칠 사이에 배달연맹은 무너졌고, 신속의기수는 어마어마한 속도로 성장하고 있다.

매일같이 면접을 보러 찾아온 사람들의 범죄 이력을 조회한 뒤 면접까지 통과하면 배당해 준다.

그리고 그러한 범죄 이력 조회는 한 번만 하고 끝이 아니다. 1년에 한 번씩 주기적으로 해야 한다.

탈락하면 당연히 그걸로 끝이다.

"그러니 기존 업체는 당연히 몰락할 수밖에 없지요."

이러한 소문이 나면서 사람들이 점점 더 신속의기수에만 배달시키자, 자연스럽게 정상적인 배달부들은 신속의기수로 넘어오게 되었다.

당연히 기존 업체에는 범죄 전과가 있거나 배달하다가 음식을 빼먹는다거나 하는 등의 문제를 일으킨 사람들만 남게 되었다.

"덕분에 속이 시원합니다. 요즘은 클레임이 확 줄었습니다."

음식을 빼먹었다가 신속의기수에서 쫓겨나면 갈 데가 없기 때문이다.

전에는 쫓겨나도 갈 곳이 넘쳐 났지만 이제는 갈 만한 곳이 없었다.

물론 배달 업체가 다 사라진 건 아니지만, 사람들이 크고 안전한 곳을 찾는 것은 당연한 일.

그렇다 보니 기존 배달 업체에 남아 있는 사람들은 그다지 많지 않았고, 그들도 대부분은 면접과 범죄 이력 조회가 끝나는 날을 기다리는 사람들이었다.

"속이 시원한 것도 시원한 거지만, 노 변호사님도 신속의기수로 돈 좀 버시겠습니다."

"글쎄요. 저는 그다지 그걸로 돈을 벌 생각이 없습니다만."

"네? 어째서요?"

"가격을 낮춰야 하니까요."

노형진이 욕심을 부리기 시작하면 배달료가 엄청나게 오를 수밖에 없다.

"제가 투자한 회사이기는 하지만, 동시에 성장에 한계가 있어야 합니다."

"특이한 말씀을 하시네요."

"아시겠지만 신속의기수에는 검사들이 참 많이 투자했습니다."

검사들의 투자는 불법이 아니니 문제가 안 된다.

"그런데 만일 신속의기수가 절대적 갑이 된다고 생각해 보세요."

"아."

아마 그 누구도 저항하지 못할 것이다.

경쟁 업체가 나온다고 해도, 검사들이 자기 욕심을 차리느라 거기를 공격할지도 모른다.

"어디든 과도한 독점은 독이 됩니다. 그래서 제가 배달 앱인 저기요와 배달의만족을 놔둔 거고요."

원래 역사에서 어마어마한 독점이 어떤 결과를 가지고 왔는지 알기에 그건 노형진의 확고한 신념이었다.

"신속의기수도 그런 겁니다. 그리고 조만간 신속의기수 말고도 대기업 배달 업체들이 생길 겁니다."

시작이 어려울 뿐, 시작되고 나면 몰려드는 게 기업이다.

"그리고 배달부들에게 충성심은 없으니까요."

더 좋은 조건을 내건다면 거기로 갈 것이다.

"하지만 동시에 너무 좋은 조건을 줄 수도 없지요."

신속의기수는 적절한 가격 수준을 유지하고 있다.

수익 폭이 더 커지면 더 많은 라이벌들이 들어올 테니까.

"하지만 제 수익의 폭이 작아지면 다른 기업들도 어중간하게 들어오지 못합니다."

적절한 수준에서 적당한 수익을 내면서, 가능하면 그 수익을 정당하게 나누는 것. 노형진이 원하는 건 바로 그거였다.

"결국 다 같이 먹고살자고 하는 짓 아닙니까? 하하하."

노형진의 말을 배경환은 인정할 수밖에 없었다.

"뭐, 다 같이 먹고살자고 하는 짓이 맞지요, 하하하."

다음 권으로 이어집니다